पुद्दन कथा
कोरोना काल में गाँव-गिराँव

देवेश

फुद्दन कथा

कोरोना काल में गाँव-गिराँव

फंडा
Funda
राधाकृष्ण प्रकाशन का उपक्रम

इस कथा के सभी पात्र काल्पनिक हैं। इनका किसी स्थान और व्यक्ति से साम्य केवल एक संयोग है।

ISBN : 978-93-91950-26-2

मूल्य : ₹150

पहला संस्करण : 2022
दूसरा संस्करण : 2023

राधाकृष्ण प्रकाशन का उपक्रम

प्रकाशक
राधाकृष्ण प्रकाशन प्राइवेट लिमिटेड
जी-17, जगतपुरी, दिल्ली-110 051

शाखाएँ : अशोक राजपथ, साइंस कॉलेज के सामने, पटना-800 006
पहली मंजिल, दरबारी बिल्डिंग, महात्मा गांधी मार्ग, प्रयागराज-211 001
36 ए, शेक्सपियर सरणी, कोलकाता-700 017

वेबसाइट : www.radhakrishnaprakashan.com
ई-मेल : info@radhakrishnaprakashan.com

मुद्रक
यश प्रिंटोग्राफिक्स
नोएडा-201 301 (उ.प्र.)

PUDDAN KATHA
Corona Kal mein Ganv-Giranv
Fiction by Devesh

चित्रांकन : विक्रम नायक

फेसबुक से अचानक गायब हो जाने वाली *पुद्दन कथा*
अब पुस्तक के रूप में उन सभी पाठकों की उत्सुकता को
समर्पित है जो इसके अधूरे रह जाने पर नाराज़ हुए,
दुखी हुए, परेशान हुए और मुझे यह हौसला दिया कि
मैं भी किताब लिख सकूँ...

कुछ अपनी

कोविड महामारी के दौरान हमारे आसपास फैली विसंगतियों के बीच इस कहानी का सिरा मिला। कहानी बुनने की प्रक्रिया के साथ-साथ कोरोना के दुष्प्रभावों को देखने-सुनने का अवसर न चाहते हुए भी मिलता रहा। यह कहानी उन्हीं अनुभवों को शब्द देने का एक प्रयास है।

इस कहानी का सिरा उस समय मिला जब गाँव में मैंने लोगों को बाज़ार 'लॉकडाउन' देखने के लिए जाते देखा। कहानी जिस क्षेत्र की है, कहानी के पात्र उसी की भाषा-बोली में बातें कर रहे हैं। अंदेशा है कि भोजपुरी और अवधी के शब्दों और व्याकरण को समझने में कई पाठकों को थोड़ी परेशानी हो सकती है लेकिन भरोसा है कि हिन्दी की चौहद्दी में यह सब स्वीकृत होगा।

दुर्रे शहवार खान, आचार्य रजनीकांत, ऋचा दीदी और विक्रम नायक का ऋणी हूँ। इन लोगों के प्रोत्साहन से यह कार्य सम्भव हो पाया है। अपने पूरे परिवार का धन्यवाद।

अंत में राजकमल प्रकाशन समूह का धन्यवाद, अशोक महेश्वरी का आभार। शिप्रा किरण, त्रिभुवन जी, संदीप जी, गणेश जी को धन्यवाद। विशेष रूप से सत्यानन्द निरुपम का आभार

जिन्होंने इस कहानी को फेसबुक से निकलवा कर बुक तक पहुँचा दिया। अगर निरुपम जी की पारखी निगाहें इस कहानी पर नहीं पड़तीं तो यह कहानी भी फेसबुक की दुनिया में खोकर रह जाती। उम्मीद है कि यह किताब आप सभी की अपेक्षाओं पर खरी उतरेगी।

पढ़कर अपनी राय देने में संकोच मत बरतिएगा। राय 'मैसेज' में नहीं, खुलेआम दीजिएगा।

अग्रिम धन्यवाद स्वीकार कीजिए!

—देवेश

नवम्बर, 2020
दिल्ली

जिला आजमगढ़, गाँव नरहरपुर। इस गाँव में आप तीन दिशाओं से अगर प्रवेश करेंगे तो आपको एक छोटे-से बाजार से होकर गुजरना पड़ेगा। चौथी दिशा से प्रवेश करेंगे तो आपको निम्नलिखित में से किसी एक बाधा से पार पाना होगा :

> यदि आप बाइक से हैं और गलती से हॉर्न बजा दिया तो आसपास से किसी बुढ़ऊ का आशीर्वाद आपको यूँ प्राप्त होगा—"जाता ससुरू! टीं टीं कइले बाटा।"
>
> यदि आप साइकिल से हैं और आपकी साइकिल के सामने कोई बच्चा खेलता हुआ आ गया तो वह आपको ही घुड़क बैठेगा—"सइकील चलावत हउवा कि जहाज? देखि के चलावा। अँखिया फुटि गइल बा का?"
>
> यदि आप पैदल हैं, गमछा-वमछा से मुँह बाँधकर किसी के घर के सामने से गुजरें तो बरामदे में बैठी औरतों के लिए अगले पाँच-दस मिनट तक आप ही चर्चा का टॉपिक रहेंगे—"कवन रहल हो बहिनी! लगत हौ जइसे सुन्नर कै बड़का बेटउवा रहल। लेकिन

ऊ तौ कलकत्ता रहाला न?"

नरहरपुर गाँव में अलग-अलग जातियों के लोग बड़े प्यार से रहते हैं, इस गाँव में दस-बारह घर मुसलमानों के हैं और गाँव का प्रधान भी एक मुसलमान है। प्रधान ने कोरोना की जाँच के लिए एक टीम बुलाई है। हालाँकि इस गाँव के अधिकांश लोग मानते हैं कि "अगर कस के पुरुवा डोल देगा तौ करोना-फरोना उनके अंग विशेष के दक्खिन चला जाएगा", इसलिए गाँव वाले कोरोना का कोई विशेष लोड नहीं ले रहे। जिनके परिवार से कोई दिल्ली-मुम्बई में रहता है बस वे थोड़ा-बहुत डर रहे हैं, बाकी लोग 'पुरुवा' के इन्तजार में ही हैं। जबकि यह एक क्रूर सच है कि कोरोना से गाँव में मौतें बहुत होने लगी हैं। हिन्दू परम्परा में सवर्ण परिवारों में अगर किसी की मृत्यु होती है तो मृतात्मा को पानी देने के लिए गाँव के तालाब के किनारे वाले पेड़ पर उसके नाम से एक पानी भरा घड़ा बाँधा जाता है जो दस दिनों तक बँधा रहता है, जिसे लोग 'घंट' कहते हैं। हर गाँव की तरह नरहरपुर गाँव के भी बाहर वाले पोखरे के किनारे आम के पेड़ पर पन्द्रह-बीस घंट बँधे हुए हैं। यह सिर्फ सवर्ण परिवारों के किसी सदस्य के लिए बँधे घंट हैं। निचली जातियों में भी लोग मर रहे हैं जिनमें घंट नहीं बँधता। कुल मिलाकर स्थिति विस्फोटक है लेकिन गाँव वाले इसे कोरोना नहीं विधि का विधान मान रहे हैं।

प्रधान के घर गाँव के लोगों की कोरोना जाँच करने के मकसद से स्वास्थ्य विभाग की टीम पहुँची। धीरे-धीरे गाँव वाले जुटने लगे। पुद्दन की पत्नी को कई दिन से खाँसी, जुकाम, बुखार

था। पुद्दन ने कहा—"चलि के कराय ला जाँच?" पत्नी भड़क गई—"अरे हम न जाब। मीयाँ के घरे के जाई? राम राम राम!" पुद्दन ने समझाया—"अरे पगली! जाँच जरूरी बा। पता चल जाई जाँच से फिर वोही हिसाब से दवाई चली, ठीक हो जइबी।" पत्नी सुनने को ही तैयार नहीं। पुद्दन ने तर्क दिया—"मीयाँ के घर से मिठाई आई त लप्प से भकोस लेबू लेकिन मीयाँ के घरे जाए में दिक्कत बा। मतलब गुड़ खइबू लेकिन गुलगुला से परहेज?" बहुत कहने-सुनने के बाद वो तैयार हुई। चार हाथ लम्बा घूँघट निकाले पुद्दन के पीछे-पीछे वो प्रधान के घर की तरफ चली। वहाँ पहुँची तो भीड़ लगी थी। एक तरफ खड़ी हो गई। विकट धूप, घूँघट, इन्तजार, इन सबको इकट्ठे सँभालना मुश्किल हो रहा था। वो जानना चाह रही थीं कि कोरोना की जाँच कैसे की जा रही है? उन्होंने कई बार देखना चाहा लेकिन घूँघट बनाए रखने की विवशता के कारण साफ-साफ कुछ दिखा नहीं। कुछ देर बाद पुद्दन ने आवाज देकर बुलाया। वो जाकर कुर्सी पर बैठ गईं। कुछ दूरी पर पुद्दन के चाचा भी खड़े थे। जब पुद्दन की पत्नी से घूँघट हटाने को कहा गया तो वो थोड़ा झिझकी, लेकिन फिर हटाना ही पड़ा। उनको अन्दाजा भी नहीं था कि नाक और मुँह से सैम्पल लिये जाएँगे। जैसे ही नाक से सैम्पल लिया गया उनको लंकाकांड टाइप छींक आ गई। स्वास्थ्यकर्मी सहम गया। पुद्दन की पत्नी शरमाते हुए खड़ी हो गई और पुद्दन से आँखों ही आँखों में घर चलने को कहने लगी। लेकिन पुद्दन ने कहा—"डाक्टर साहब कहत हउवैं कि बीस मिनट में पता चली कि तोहरे करोना हौ कि ना, तब तक यहीं रहै के पड़ी।" मालकिन बिदक गई—"तोहरे यही कुल छछन्न से हमार जिउ जरि जाला, अब हम दिन भर यहीं रही?" पुद्दन सरेआम हाथ जोड़ नहीं सकते थे इसलिए चुप ही रहे, पत्नी भी घूँघट निकाले एक तरफ खड़ी हो गई। लगभग आधे घंटे बाद एक स्वास्थ्यकर्मी ने मुनादी की—"मीना पत्नी पुद्दन कौन है?" पुद्दन बोले—"हाँ साहब?" तभी एक

लड़के ने छेड़ा—“भइया तोहार नाम मीना थोड़ी ना बा।” हँसी के गुब्बारे फूटे लेकिन स्वास्थ्यकर्मी के अगले वाक्य से सबकी हँसी उड़ गई—“मीना को कोरोना है।” यह सुनते ही पुद्दन को दाढ़ी वाले बाबा की कही बात याद आई और वे मेहरारू के पास से उछलकर चार गज दूर चले गए।

मालकिन पाँव पटकते हुए वहाँ से रवाना हो गई, पीछे-पीछे पुद्दन चले। रस्ते में ही मीना ने अपना पक्ष रखा—“का हो! करेजा जुड़ाय गयल न तोहार? मीयाँ के घरे जाके जाँच करइबा त कोरोना निकलबै करी।” पुद्दन अभी शान्त थे। मालकिन कहे जा रही थी—“ननदोई से सवेरे बात कइले रहली हम। ऊ कहनै कि भौजी करोना-फरोना के चक्कर में मत पड़िहा, आधा घंटा घाम में बइठल करा। कुल बेमारी चुरि जाई। अब हम चलत हई छत पर बइठब। तूँ अपने माई के समझाय दीहा कि ढेर टिल्ल-टिल्ल न करिहैं।” पुद्दन डरे-सहमे चुपचाप अनुगमन करते रहे।

पुद्दन की अम्मा दुबली-पतली सी थीं लेकिन उनकी आवाज में ना जाने कहाँ से इतनी कर्कशता थी कि मीना कभी-कभी कहती—“नीको बतिया कहैनीं अम्मा त लागेला जइसे कटकटाय के खाय जइहैं सामने वाले के।” पुद्दन की अम्मा को पुद्दन की ही तरह यह भ्रम था कि वे घर की मुखिया हैं, दरअसल वह विपक्षी दल जैसी थीं जिसकी भूमिका हाशिये पर चली गई थी। पुद्दन की पत्नी जब घर पहुँची तो दरवाजे पर बैठी सासू माँ चाउर में से कंकड़ निकाल रही थीं। पतोहू को देखते ही सास के मुँह से फूल झड़े—“आजकल के मेहरारू

ससुरार में भी दुपहरिया-तिजहरिया कै गाँव में घुम्मैनीं।" यह तीर निर्दिष्ट स्थान पर ही लगा। अपने बरामदे में खड़ी पुद्दन की पत्नी के लिए अब घूँघट अनावश्यक हो गया था। परदानशीं से ज्वालामुखी होते हुए वो बोलीं—"अइसन ह अम्मा जी! अपने सपूत से पूछि ला, कहाँ लेके गयल रहनैं। मियँवा के घरे करोना के जाँच करावै।" सास ने उसी लहजे में अगला वाक्य कहा—"दिन भर मोबाईल लेके छत पे बतियावे वाले के ना पकड़ी करउना।" बहू छनछना गई—"पकड़ लेहले बा तोहरे आसिरबाद से अम्मा जी।" यह खबर सुनते ही पुद्दन की माता दरवाजा छोड़कर भाग खड़ी हुईं।

कुछ देर तक हाँफने के बाद अम्मा ने वहीं से बेटे को आदेश दिया—"हे पुदना! दिन भर मेहरारू से गाँठ जोरि के रहैले। कुछ दिन बराय ले, दूरे रहे, न होय त एके नइहरे भेज दे।" पुद्दन की पत्नी ने चिल्लाते हुए कहा—"मीयाँ के घरे ले जाय के करोना तोहार पूत पकड़उनै हमके अउर अब हम नइहरे जाके अपने भाई-बाप के परेसान करीं। बाह अम्मा बाह! हम त रहब अपने कोठरी में। तोहरे लोगन के घर छोड़िए जाए के होय त जा।" वॉल्यूम कुछ ज्यादा था तो पुद्दन को लोकलाज की फिक्र भी हुई, मेहरारू से बोले—"मीना! घरे में चला, अराम से बात होई।" पुद्दन और मीना घर के भीतर चले गए। पुद्दन की माता बरामदे से बाहर निकलकर खड़ी हो गईं और जुग-जमाना को कोसने लगीं। तभी पड़ोसी के घर से पुद्दन पुत्र गोलू खेलकर वापस आए और अपनी आजी को लगभग इग्नोर करते हुए घर में प्रवेश करने लगे, आजी ने टोका—"हे गोलुआ! सुन यहर आव। घर में मत जो। तोरे माई के करउना पकड़ लेहले बा, तुहूँ के पकड़ लेई न त पिछवाड़ा बन्दूक हो जाई तोर।" गोलुआ आजी के द्वारा दी गई मिसाल को समझ तो नहीं पाया लेकिन इतना जानता था कि बन्दूक से डरना चाहिए, इसलिए वहीं रुक गया।

मीना देवी अपने कमरे में पहुँचीं और मोबाईल उठाकर

उन्होंने पहले अपने ननदोई से सम्पर्क साधा—"देखत हउवा हो पहुना! गोलुआ के पापा त हमके पागल बनाय दीहैं। बतावा ले एक त मीयाँ के घरे ले गइनै जाँच करावै, दुनिया भर के कच्छ-मच्छ ऊ कुल खानै, वोकरे घरे हरदम किरउना उड़ैने दुनियाभर के। उप्पर से जवन जाँच करत रहै ऊ पगड़ीलउना नीबी के सींका जइसन कुछ डाल देहलै हमरे नाक में अब नाक में कुछ डारल जाई त छींक अइबै करी। हम छींक देहली त ऊ कुत्ता आधा घंटा बाद कहलै कि तोहरे करोना हौ।" ननदोई मीना का अवैतनिक सलाहकार था, भयभीत होकर बोला—"ना भउजी! ऊ सही कहले होई, करोना के टेस्ट अइसहीं होला। सबसे बुरी बीमारी के टेस्ट सबसे असान तरीका से होत बा। अब भउजी तूँ कोठरिये में रहा। पन्द्रह दिन आराम करा।"

पुद्दन आँगन में उदास बैठे थे। खाना-पीना, बर्तन-कुर्तन दुनिया भर का काम अब उन्हें करना पड़ेगा क्योंकि माई तो सिर्फ ताने देंगी और मीना से काम कराना ठीक नहीं होगा। पुद्दन के दिमाग में यही सब चल रहा था। अचानक कोठरी से मीना की आवाज आई—"सुनत बाटा हो! तनी एक गिलास गरम पानी दे दा त।" पुद्दन भारी कदमों से रसोई की ओर बढ़े। बरामदे से माई की आवाज भी आ रही थी—"अरे पुदना! निकल बहरे। हम कहत बाटी न कुछ दिन मेहरारू से दूर रहै के, तोके हरदम मेहरारू के कोरा में रहै के रहाला?" पुद्दन दाँत पीसकर रह गया।

पुद्दन ने पानी गरम किया। दोनों हाथों में पॉलीथिन बाँधी। मुँह और नाक को गमछे से ढका और पानी का गिलास लिए मंथर गति से कोठरी में पहुँचे, जहाँ बेड पर बैठी मीना कुमारी

मोबाइल पर बात कर रही थीं। पुद्दन ने चुपचाप गिलास रख दिया और तेजी से बाहर निकल गए। उनकी इस फुर्ती को मीना ने नोटिस कर लिया था, कान से मोबाइल हटाते हुए बोली—"ओहो! अइसे भागत हउवा जइसे हमरे देहिया में काँटा लगल हौ।" इस बात को पुद्दन ने सुनकर भी अनसुना कर दिया और बरामदे में पहुँच गए। बरामदे से बाहर चबूतरे पर पुद्दन की माई गोलू के साथ बैठी थीं। पुद्दन बरामदे में पड़ी खटिया पर सिर झुकाए बैठ गए। माई ने विष उगला—"सुन बेटा! एके नइहरे भेज दे, वइसे भी पन्द्रह-बीस दिन बचल बा एकरे बहिन के ब्याह में, फोन कर दे। एकर भाई आके लिआय जाई।" पुद्दन की नजर में ये नाइंसाफी थी और फिर गोलुआ का भी तो सोचना है, अपनी माँ के बिना ये ससुरा रह ही नहीं पाता, क्या करें। पुद्दन ने माई की सलाह पर कोई प्रतिक्रिया नहीं दी, न भाषा से न भंगिमा से। दस मिनट बाद मीना दरवाजे तक आई। पुद्दन खटिया से लपककर माई के पास जाकर खड़े हो गए। मीना ने वहीं खड़े-खड़े घोषणा की—"हम अपने बहिन के ब्याह में जाब। ब्याहे के दिने जाब अउर अगिले दिने आय जाब।" पुद्दन ने टोका—"लेकिन करोना में कइसे?" मीना ने जवाब दिया—"पहिली बात त ई कि हमके कोरोना ना हौ, दुसरकी बात ई कि हम जाइब जरूर, उहाँ मास्क लगाय के रहब सबसे दूरे-दूरे।" अबकी बार पुद्दन की माई बोलीं—"गोलुआ यहीं रही। जेके जहाँ मरजी जाए के हो जाय।" यह सुनते ही गोलुआ जमीन पर तिलचट्टे की तरह फैलकर चिल्लाने लगा—"हमहूँ जाब, मउसी के ब्याहे में हमहूँ जाब।" परिस्थितियों का प्रेशर इतना था कि पुद्दन ने गोलू को कस के कूट दिया और गोलुआ को क्षतिग्रस्त अवस्था में वहीं छोड़कर पड़ोसी के घर की तरफ चले गए।

गोलू को उसकी आजी ने देर तक पुचकारा। सिसकते-सिसकते गोलू शान्त हुआ। मीना अपनी कोठरी में जाकर पड़ गई। आधे घंटे तक आजी-पोता चबूतरे पर बैठे रहे। फिर आजी

उठीं और पुद्दन को ढूँढ़ने चलीं। पुद्दन पड़ोसी के बरामदे में बैठकर नरहरपुर गाँव की राजनीति पर ज्ञान दे रहा था। इशारे से माई ने बुलाया और घर की तरफ चली गईं। पुद्दन पीछे-पीछे आए। माई ने कहा—"देखा बेटा! जवन उप्पर परल बा तवन त निभावै के परी। चला घर में जल्दी से खाना बनाय लीहल जाय। भूख लगल बा। अउर एक बात सुना गोलुआ बच्चा बा, वोके ना समझ बा, मत मारल करा वोके।" पुद्दन चुपचाप सुनते रहे। और फिर सब लोग घर के अन्दर चले गए। गोलू को मना कर दिया गया कि अपनी मम्मी के पास नहीं जाना है, ताजा-ताजा पिटे गोलू ने यह आदेश सर-आँखों पर लिया। खाना बनाने की तैयारी चलने लगी।

कोठरी से मीना की आवाज बाहर तक आ रही थी। वो गाँव की ही किसी लड़की से बात कर रही थी। नइहर जाने से पहले गाँव के बाजार में ब्यूटी पार्लर चलाने वाली को घर बुलाने की योजना बनाई जा रही थी। पुद्दन यह सुनकर सुलग रहे थे लेकिन उनकी माई अग्निशामक की तरह मामला सँभाल ले रही थीं। तभी बाहर एक मोटरसाइकिल आकर रुकी, हॉर्न बजा। गोलुआ को भेजा गया कि देखकर आए कौन आया है। गोलुआ बिजली की रफ्तार से पता लगाकर वापस आया—"जयनाथ मामा आयल हउवैं।" गोलुआ की आवाज सुनते ही बात रोककर मीना बाहर आई और सबको एक वाक्य में सम्बोधित किया—"केहू भी जयनाथ भइया के ई ना बताई कि हमरे करोना धइले बा, ब्याह के कारड ले के आयल होइहैं।" पुद्दन ने माता समेत हामी भरी लेकिन मीना ने देखा कि गोलुआ तो ये वाक्य सुनने के पहले ही वहाँ से हिरन हो गया है। उसने पुद्दन से कहा—"गोलुआ जा के न बता दे कुछ।" पुद्दन 'गोलू-गोलू' पुकारते हुए दौड़े।

पुद्दन बेटे के पीछे भागते हुए बाहर आए तो देखा कि उनके बड़े साले जयनाथ अपनी बाइक की टंकी पर गोलुआ को बैठाकर चक्कर लगा रहे हैं। मामा-मौसा के आ जाने पर गाँव के

बच्चों की यह एक अनिवार्य सेवा होती है जो रिश्तेदारों को करनी ही पड़ती है। अगर रिश्तेदार कार से आए हैं तो बच्चा ड्राइविंग सीट पर बैठकर आसपास की चीजें नोचेगा-चोंथेगा, लेकिन यह सब वो एक अधिकार के साथ करता है। पास-पड़ोस के अपने हमउम्रों पर एक रोब जमाने के उद्‍देश्य से भी ये सब किया जाता है। जयनाथ की बाइक पर आगे लिखा था—'धर्मध्वजावाहक'। जयनाथ ने कलाई पर कई राउंड रक्षासूत्र बाँध रखा था और मुँह में गुटखा-पान भर रखा था जिसकी वजह से जीभ और होंठ रक्षासूत्र के रंग के ही हो गए थे। पुद्दन ने अपने बड़े साले को नमस्ते किया। जयनाथ ने बाइक रोकी, गोलू को उतारा और खुद भी उतरे। डिक्की में से छोटी बहन की शादी का कार्ड निकाला और आगे बढ़कर पुद्दन को पकड़ा दिया। पुद्दन ने कहा—"आवा भइया बइठा," जयनाथ आकर बरामदे में बिछी खटिया पर लगभग पसर गए। तभी घर के भीतर से पुद्दन की माई निकलीं। जयनाथ ने उठकर पैर छुए, माई एक आशीर्वाद देते-देते रुक गईं—"भगवान जल्दी से एक बेटवा दे..." और फिर झटके से आशीर्वाद बदलते हुए बोलीं—"जीया! अच्छी तरह से रहा भइया।" आशीर्वाद का यह परिवर्तन सबने नोटिस किया, लेकिन कोई कर भी क्या सकता था।

जयनाथ ने गोलू को गोद में बैठाते हुए हालचाल लिया और पूछा—"मम्मी का करत हईं गोलू?" गोलुआ तो सच्चाई के मामले में एनडीटीवी था, बोला—"ब्यूटी पार्लर वाली से बतियावत हईं, अउर जानैला मामा?" अभी गोलुआ इतना ही बोल पाया था कि पापा पुद्दन ने टोक दिया—"जा बेटा गोलू! मामा खातिर चाय-पानी ले आवा।" गोलुआ बोला—"चला पहिले चाय बनावा पापा!" पुद्दन खिसियाकर रह गए। माई ने मोर्चा सँभाला—"अरे ऊ मीना के तनी खाँसी आवत बा त सुतल हईं।" लेकिन गोलुआ के अन्दर की सच्चाई बाहर आने को तड़प रही थी—"जानैला मामा! परधान के घरे न कोरोना के जाँच करावै

गइल रहनीं हैं मम्मी, पापा के साथे।" अब पुद्दन ने दोबारा बात सँभाली—"पूरा गाँव गयल रहल भइया, लेकिन घबराए वाली कउनो बात न बा।" गोलू भी शान्त हो गया, लेकिन उसके चेहरे पर कसक नाच रही थी कि वो मामा से बता नहीं पा रहा है कुछ, सब लोग चुप बैठे थे। माई उठकर घर में गईं, कोठरी के दरवाजे पर खड़ी होकर मीना से बोलीं—"तोहार भइया आयल हउवैं कारड लेके, गोलुआ त बक देहले होत कुल लेकिन पुद्दन बात बनाय लेहनै।" मीना ने कहा—"तनकी हमके अदरक भूँज के दे दा अम्मा! मुँह में रखले रहब त खाँसी न आई, जल्दी करा। चलीं हमहूँ भइया के हालचाल ले लेईं।" बूढ़ा बड़बड़ाते हुए आदेश का पालन करने लगीं। तवा पर अदरक का टुकड़ा भूनकर बहू को दिया, फिर चाय चढ़ा दी। बाहर पुद्दन साले साहब का हालचाल ले रहे थे।

जयनाथ खुद ही बताने लगे—"अरे ऊ ठीक लइकी ना रहल यार! ब्याह त बाऊजी कराय देहनैं लेकिन हम पहिले दिनै जान गइली कि हमार निभ न पाई। हमसे कहै कि पूजा-पाठ छोड़ दा। अब बतावा हमार सात साल से आदत बा कि चार-पाँच घंटा पूजा जरूर करब चाहे कुछ हो जाय। हमरे पूजा-पाठ से वोके का प्राब्लम? उप्पर से हमार मजाक उड़ावै कि फोटुआ में गोर दिखत रहला अइसे त साँवर हउवा। दु साल त बरदास कइनी लेकिन अब ना।" पुद्दन ने सलाह के लहजे में कहा—"अरे भइया! समझाय-बुझाय के ले आवा। अइसे थोड़ी ना रिश्ता तोरल जाला, यही ब्याहे में ले आवा वोनके।" जयनाथ ने कहा—"ना यार! वो घरे हम कार्ड तक न भेजब। सुमनी के ब्याहे के बाद पंचाइत बोलाय के छुट्टी-छुट्टा कराय लेब।" तब तक पानी और बिस्कुट लिये माई बाहर आईं और बातचीत का आखिरी हिस्सा जो वो सुन पाई थीं, उसके आधार पर सवाल किया—"अरे बाबू! जिनगी कइसे बितइबा तब?" जयनाथ ने पानी का गिलास पकड़ते हुए

कहा—"अम्मा! अब धरम-करम में जिन्दगी बिताइब। गाँव वाले मन्दिर के साफ-सफाई कराय देहले हई। मन्दिर के बगल में एक कोठरी बनवाय लेहले बाटी, आपन कुल इन्तजाम वहीं कै लेहले बाटी, अब जादा टाइम वहीं बिताईला, पूजा-पाठ में जिन्दगी कट जाई। माई-बाऊ के सेवा खातिर रामचरन हइबै करैं। बी.एड. कराय देहले बाटी। आज न बिहान नौकरी मिली जाई वोनके। खेतीबाड़ी से घर के खर्चा अराम से चल जाला। बस सुमनी के ब्याह के बाद हम फुर्सत हो जाब।" माई ने उड़ती-उड़ती खबर सुन तो रखी थी कि मन्दिर के पास वाले मोहल्ले की कोई बहू है जो दिन-भर मन्दिर में रहती है इसके आसपास। उसको लेकर बहुत बातें हैं। लेकिन माई ने ये वाला अस्त्र छोड़ा नहीं, सोचा किसी दिन मीना से झगड़े में काम आएगा। तभी मीना भी चौखट तक आई। दूर से नमस्ते करके हालचाल पूछा। जयनाथ बोले—"तैयार हो जो मिनवा! चल आज हमरे साथे। बहिन के ब्याह बा त ब्याहे के दिन अइबी का, अब केतना दिन बचलै बा?" अब कोई क्या बोले, सब बस चुप थे। कुछ देर बाद मीना ने ही जवाब दिया—"चला दुइ-तीन दिन में हम आइब। तनी गोलुआ के कपड़ा-वपड़ा खरीद जाय। फिर आइब।"

पुद्दन और जयनाथ कोरोना, लॉकडाउन इत्यादि मामलों पर बातें करने लगे। माई अन्दर चली गईं चाय लाने। गोलुआ मामा की बाइक पर लगे जय श्री राम के स्टीकर को वनवास भेजने में लग गया। मीना चौखट पर बैठी थी, निश्चिन्त थी कि उसको कोरोना है, ये बात किसी ने अभी तक जाहिर नहीं की है। उसने अदरक के भरोसे खाँसी भी रोक रखी थी। तभी प्रधान के साथ दो लोग

आ गए। प्रधान ने आते ही पुद्दन से पूछा—"का हो! भउजी के कहाँ रखले हउवा, सबसे अलग हईं न?" यह बोलते-बोलते प्रधान की नजर दरवाजे पर जमी मीना पर गई। प्रधान जम्प मारकर बाहर खड़े हो गए।

जयनाथ बाबू इस पूरे दृश्य से अचम्भित हो गए। उन्होंने सवालिया नजरों से पुद्दन की तरफ देखा, पुद्दन खुद प्रधान को कुछ इशारे करने में लगे थे। जयनाथ ने चाहा कि उन इशारों को डिकोड कर लें लेकिन असफल रहे। प्रधान के साथ जो दो लोग आए थे, उन्हें क्या पता कि क्या पूछना है, क्या छिपाना है। उनमें से एक ने सीधा प्रश्न दागा—"मीना कुमारी कहाँ हैं, जिनको कोविड हुआ है?" प्रश्न सुनते ही जयनाथ ने बहन मीना की तरफ देखा। मीना उठकर घर के अन्दर चली गई। गोलुआ ने मौके का फायदा उठाकर अपने पेट में देर से मच रही खलबली को शान्त कराया, उसने जयनाथ के कान में कहा—"जानैला मामा! मम्मी के कोरोना भयल हौ। खाना पापा बनावत रहनैं, चाय आजी बनावत हईं।" इस खबर ने जयनाथ पर विस्फोट जैसा प्रभाव डाला। लेकिन बहन तो अपनी ही थी इसलिए वे प्रधान की तरह चाहकर भी छलाँग नहीं मार पाए। पुद्दन अब चुपचाप सिर झुकाए प्रधान के साथ आए दोनों स्वास्थ्यकर्मियों द्वारा दिए जा रहे निर्देशों को सुन रहे थे। दिशा-निर्देश देकर जब वे सब चले गए तब जयनाथ पुद्दन से मुखातिब हुए—"यार पुद्दन! ई कउनो छिपावै वाली बात त रहल ना यार। हम त घर कै आदमी हई। हमसे का चोरी?" पुद्दन ने सच्चाई बयान की—"मीना मना कहले रहनीं कि भइया के मत बताया कुछ।" जयनाथ ने आवाज देकर मीना को बुलाया, और कहा कि मास्क लगाकर बाहर आना, मीना आई। पीछे-पीछे माई चाय लिये आईं। जयनाथ ने मीना से कहा—"करे पगली! पूरी दुनिया में करोना फइलल बा, छिपावै वाली कउनो बात न बा, बचावै वाली बात बा। अब कुछ दिन अपने कोठरियै में रहे। माई अउर पुद्दन कुछ ना कुछ

कच्चा-पक्का बनाय के देबै करिहैं। अब हम चलत बाटी। तबीयत ठीक हो जाई तबै आए ब्याहे में नहीं त कउनो नाराजगी न बा।" यह कहकर जयनाथ चाय पीने से इनकार करते हुए, गोलुआ को बाइक पर बैठकर घूमने के सुख से वंचित करके चिघरता हुआ छोड़कर निकल लिए।

अब माई ने हाथ में चाय का कप पकड़े-पकड़े बड़बड़ाना शुरू किया—"यह पगड़ीलउना के यही करम पर मेहरी छोड़ि के भाग गइल होई। अरे जब ना पीये के रहल त मना क देल होत पहिलवैं, पिछवाड़े में लुत्ती लागल होई कि कब जल्दी से मन्दिरे पे जाइके वो नउनिया से मिल लेईं!" भाई के खिलाफ इतनी बड़ी बात मीना कैसे बर्दाश्त करती, वह भी भभकी—"चाय ही त बा अम्मा, उहो पानी जइसन होई, कवन अमृत बना देहले बाटू, दे दा अपने पूत के पी लें। अउर अम्मा हम तोहसे केतना बार कहले बाटी कि नउनिया ...जादी के नाम से हमरे भइया के नाम जोड़के हमके ताना मत मारल करा। जब तोहके पूरी बात पता न हौ त।" पुद्दन मामले को सँभालना चाह तो रहे थे लेकिन किसकी तरफ से बोलें अभी इसी असमंजस में थे कि माई बोल पड़ीं—"अउर पूरी बात का बा?" मीना ने बताया—"नउनिया के घर वहीं मन्दिरवै के लगे बा, वोके मिरगी बहुत आवै, भइया वोके कउनो जड़ी देहनै, ऊ बिलकुल ठिकाय गइल। तब से ऊ मन्दिर के सेवा करैले, भइया से वोकर का मतलब?" माई की तर्कशक्ति चरम पर चल रही थी, बोलीं—"ऊ त नौ महीना बाद पतै चल जाई कि तोहार भइया कवन जड़ी देहले रहनै? एतना बड़ा गुनिया हउवैं त तोहरे करउनवो खातिर कउनो जंतर-ताबीज दै देहले होतैं, भाग काहे गइनै।" मीना पैर पटकते हुए अन्दर चली गई।

नउनिया जब नौशादपुर गाँव में दुलहन बनकर आई थी तो चर्चा का विषय थी, औरतें कहतीं—"हाँ त भाई सम्हारू कै मेहरारू केतनी सुग्घर बा, जइसे तरई।" सम्हारू जैसा पियक्कड़ दो-चार गाँव में कोई नहीं था, बाल काटने और गाँव के लोगों के घरों में पड़ने वाले शुभ-अशुभ कार-परोजन की कमाई वो दारू में उड़ा देता। बेचारी नउनिया रोज मन्दिर जाती, भगवान को जल चढ़ाती, दीया-बाती करती, प्रार्थना करती कि सम्हारू के पीने की आदत छूट जाए। उसी दौरान उसकी मुलाकात मन्दिर के पुजारी जयनाथ बाबा से हुई। जयनाथ खुद अपनी मेहरारू को लगभग छोड़कर सिंगल चल रहे थे अत: उनके पास नउनिया की समस्या के नाना प्रकार के समाधान थे। दो-ढाई साल बीतते-बीतते सम्हारू के गुर्दों ने हार मान ली और लगभग तीन महीने तक खटिया पर बीमार पड़े सम्हारू एक सुबह नउनिया को अकेला छोड़कर इस दुनिया से कूच कर गया। अपने दुखों के पहाड़ के नीचे कई दिनों तक दबे रहने के बाद उस पहाड़ को नउनिया भक्ति के हथौड़े से तोड़ने में लग गई। कई गाँव वालों की नजरें नउनिया पर गड़ी रहतीं, तमाम प्रेमी, हमदर्द भविष्य की कई सारी सुनहरी योजनाओं के साथ उससे आए दिन मिलते लेकिन नउनिया सारे प्रस्तावों को हँसकर टाल देती। रोज मन्दिर जाना जारी रहा उसका, मन्दिर के देवता की पूजा-अर्चना के बाद वो मन्दिर की साफ-सफाई भी करने लगी, इस वजह से वो देर तक मन्दिर पर रुकने लगी। जयनाथ बाबा ने नउनिया की भक्ति को अवसर में बदलने की ठानी और साल बीतते-बीतते एक दिन वो अवसर आ गया जब वे अपने जीवन को निरर्थक और निरुद्देश्य बताकर भगवान की प्रतिमा के ठीक सामने उस समय रोने लगे जब नउनिया मन्दिर की सफाई कर रही थी। भगवान की मूर्ति से ना तो कोई फूल टपककर बाबा के हाथों पर गिरा और ना ही मन्दिर की घंटियाँ जोर-जोर से स्वयं ही बजीं। हाँ, बाबा के रुदन ने नउनिया को द्रवित कर दिया और फिर विधि के विधान

को जिम्मेदार मानते हुए बाबा और नउनिया एकाकार होने लगे।

इस बीच नउनिया को मिर्गी के दौरे भी पड़ने लगे थे, लेकिन जबसे जयनाथ बाबा का आशीर्वाद उसे मिलने लगा, आशीर्वाद की कुछ ही खुराकों के बाद सकल बीमारियाँ निकल भागीं। अब नउनिया अपना जीवन मन्दिर और बाबा की सेवा में लगाने लगी। और बाबा पर तो उसकी इतनी अटूट श्रद्धा हो गई कि अब प्रात:कालीन आरती में भी शामिल होती और संध्या-वंदन में भी। जीवन में जयनाथ बाबा के आगमन से नउनिया जैसे फिर से नई हो गई थी, वह अब वैसे ही बन-ठन के रहने लगी थी जैसे सम्हारू के सामने रहती थी। और बाबा भी अब घर कम जाते, मन्दिर के बगल वाली कोठरी में रहते और जपनाम करते। यह बात गाँववालों से छुपने का सवाल ही नहीं, खासकर नउनिया के द्वारा ठुकराये गए सारे दिलजलों ने मीडिया से भी ज्यादा तेजी दिखाकर नउनिया का चरित्रहनन करना शुरू कर दिया। लेकिन नउनिया ने कभी पलटकर किसी को जवाब नहीं दिया। सम्हारू जिन-जिन घरों के कार्यक्रमों में शामिल होता था, नउनिया उन घरों के सुख-दुख में

जाती, सबकी जली-कटी सुनती। किसी के बहुत उकसाने पर बस इतना ही कहती—"जयनाथ बाबा हमार बेमारी भगाय देहनैं," और दुनिया के तानों के बावजूद बाबा पर उसका भरोसा सीमेंट की तरह जमता चला गया। उसने किसी की भी परवाह करनी छोड़ दी, बल्कि जिस दिन उसे ज्यादा ताने सुनने को मिलते, उस दिन हवन में ज्यादा ही धुआँ निकलता।

मीना को सास के आरोपों से भइया को बरी कराने से ज्यादा जरूरी इस बात की योजना बनानी लगी कि मायके वालों को किस तरह यकीन दिलाया जाए कि उसको करोना नहीं हुआ है, गलत रिपोर्ट थी वो। उसे लगा इस मसले पर ननदोई ही कुछ मदद कर सकते हैं। उसने ननदोई को कॉल करके सारी बात बताई और कहा—"कुछ भी हो जाय हमके ब्याहे में जरूर जाए के बा। चाहे जइसे हमार रिपोट अइसन बनवावा जउने में लिखल रहै कि करोना ना बा हमरे। मीना की आवाज कमरे से बाहर तक आ रही थी, पुद्दन ने माई से पूछा—"ई केसे बतियावत बा?" माई ने जवाब पुद्दन को दिया लेकिन सप्तम सुर में ताकि मीना भी सुन ले, बोलीं—"जइसे भाई, वइसे बहिन।" तीर हमेशा की तरह सही जगह पहुँचा, मीना बात बन्द करके बाहर निकली और धारदार आवाज में बोली—"का कहलू है अम्मा! फिर से कहा त?" अम्मा ने धीरे से कहा—"भयवै के साथे चलि गइल होतू त ठीक रहल, जाइ के वहीं रहा।" मीना तड़पके रह गई, जवाब देने ही वाली थी कि फोन बज उठा। ननदोई की कॉल थी। पुद्दन ने एक जिज्ञासा जाहिर की—"महेसवा बड़ा फोन कराला तोके, का बात बा?" इन दोहरे वारों से मीना घिर गई। छटपटा रही थी जवाब दे कि फोन उठाए। तभी गाँव की वो

लड़की आती दिखी जो अक्सर अपने लोकल प्रेमियों की करतूतें मीना से शेयर करती थी और जिससे मीना ने ब्यूटी पार्लर वाली को बुलाने की बात की थी।

राधा आई तो मीना से थोड़ी दूरी पर खड़ी हुई, और पूछा—"कइसन तबीयत बा तोहार भउजी, पूरा नरहरपुर गाँव कहत बा कि गोलुआ के माई के करोना पकड़ले बा?" मीना ने मन की भड़ास निकाली—"अरे ना हो राधा! कउनो कुत्ता झुट्ठै बात उड़ाय देहले बा, अब खाँसी-जोखाम त सबके होत-जात रहाला। आज तक त न सुनै में आयल है करोना, ई नया फैसन बुझात बा करोना कै।" मीना की 'तार्किकता' से भरी बातें सुनकर पुद्दन ने वहाँ से हटने में ही भलाई समझी। गोलुआ पड़ोस में खेलने चला गया। अम्मा अन्दर घर का काम निपटाने लगीं। मीना ने राधा को बैठने का इशारा करते हुए मोबाइल में कोई नम्बर मिलाया और बात शुरू की—"हैलो सुमन! हाँ...कइसे बाटू बहिनी...खुश रहा...अच्छा सुन...जयनाथ भइया आयल रहनै कार्ड लेके, वही समय हमरे गाँव कै प्रधान, अरे उहै मियँवा... हाँ...दुइ जने के लिआय के आय गयल, भइया से कुल मजाक कइनै कि मीना के करोना पकड़ले बा...हाँ...अरे बहिनी...फिर त भइया चहवो ना पियनैं...चलनैं भाग...सुन...माई-बाऊ के बताय दीहै, अइसन कउनो बात न बा...हम बिलकुल ठीक बाटी... ब्याहे में हम आइब...हाँ ठीक बा...हाँ गोलुओ ठीक बा।" पड़ोस की राधा जो मीना से कोरोना काल में अपने प्रेमी से ना मिल पाने की व्यथा कहने आई थी वो बैठी चुपचाप सब सुन रही थी। अपनी बहन से बात कर लेने के बाद मीना राधा से मुखातिब हुई—"अउर बतावा राधा! का हालचाल बा?" राधा ने पहले ये बताया कि ब्यूटी पार्लर वाली अगले इतवार की दुपहरिया में आएगी, चार सौ रुपया लेगी, पूरा मुँह माँजकर चमका देगी। अगर मेहँदी भी लगवाई तो सौ रुपया और लेगी। इसके बाद राधा ने अपना दुख मीना से कहना शुरू किया।

नरहरपुर से लगभग बीस किलोमीटर दूर है नौशादपुर। इसी गाँव में कभी पुद्दन नौशे बाबू बनकर उतरे थे। देखनेवालों में से किसी की टिप्पणी थी—"लइका त देखै-सुनै में ठीके लागत बा, लेकिन ई कइसन नाम बा पुद्दन।" इस टिप्पणी के बाद उठे ठहाकों के बीच पुद्दन के चचा तमककर बोले थे—"हमरे भउजी के चार बेटवा-बिटिया भइनैं, सबकर नाम कउनो देवी-देवता के नाम पर रखल रहल, लेकिन सब मरि गइनैं। पँचवाँ बेटवा जब भयल त टोटका खातिर नाम रख गयल पुद्दन। भइया सोचले रहनैं कि पदमाकर नाम रही लेकिन गुरु जी कहनैं कि नाम से जादा जरूरी जीवन बा, यह नाते बेटवा कै नाम पुद्दन ही रहि गयल।"

इसी नौशादपुर में जयनाथ बाबू का घर था। गाँव से बाहर पोखरे के किनारे मन्दिर था। जयनाथ बाबू बाइक भगाते हुए घर नहीं गए, सीधा मन्दिर पर पहुँचे। पवित्र होना जरूरी था। अगर मीना को करोना होगा तो कहीं उनको भी ना पकड़ ले। उसके पहिले मन्दिर जाकर पवित्र होना आवश्यक था। मन्दिर पहुँचे तो नउनिया मन्दिर की साफ-सफाई कर चुकी थी। मन्दिर के चबूतरे के बगल में स्थित कमरे की सफाई कर रही थी। जब जयनाथ बाबा को लम्बी पूजा करनी होती तो उसी कमरे में करते थे और वहीं सोते भी थे। बाइक की आवाज सुनकर वो बाहर निकली और जयनाथ को देखते ही हाथ जोड़कर बोली—"अरे महराज! कुछ परेसान हउवैं का आप?" जवाब दिए बिना जयनाथ बाइक से उतरे, मोबाइल चबूतरे पर रखा और बोले—"भित्तर से हमार कपड़ा, गमछा ले आव।" नउनिया आश्चर्यचकित होकर अन्दर गई, कपड़ा लेकर वापस आई तो देखा कि जयनाथ बाबा सामने

वाले पोखर में नहा रहे हैं। वहाँ जाकर उसने सीढ़ियों पर कपड़ा रखा और वापस आकर मन्दिर के चबूतरे पर बैठ गई। देर तक नहाने के बाद जयनाथ कपड़ा पहनकर जब वापस आए तो नउनिया ने घर जाने की आज्ञा माँगी। जयनाथ ने मुस्कुराते हुए कहा—"ठीक बा जा, आज साँझ वाली पूजा थोड़ा देर से शुरू होई, रात में देर तक चली।" नउनिया ने शरमाते हुए सिर झुकाकर अच्छा कहा और चली गई। जयनाथ भी बाइक पर बैठकर घर चले गए।

"घर जाकर जयनाथ ने सबको सारा समाचार बताया तो छोटी बहन ने उन्हें बताया कि दीदी के गाँव के परधान मजाक करत रहनैं।" जयनाथ ये मानने को ही तैयार नहीं थे, बोले—"अगर मजाक रहल त परधनवा के जाए के बाद हमके बताय देहले होत लोग, कुछ न कुछ त गड़बड़ बा जरूर, सच का बा हम पता लगाय लेब। अगर मीना के करोना होई त ब्याहे में ना अइहैं। सबके खतरा में डरले कै जरूरत ना बा।" पूरा परिवार जयनाथ की बात से सहमत था।

जयनाथ ने मन्दिर में दीया जला दिया, फिर अपनी कोठरी में पूजा शुरू की। नउनिया सामने हाथ जोड़े बैठी थी। देर तक पूजा चली। पूरे गाँव में सोता पड़ गया, लेकिन उस कोठरी में दो प्राणी जाग रहे थे। प्रसाद का सेवन कर रहे थे। आज जयनाथ को छींक बहुत आ रही थी। नउनिया बार-बार कह रही थी कि कुबेला में नहाये हैं पोखरा में त जोखाम पकड़बे करेगा। प्रसाद खाने-खिलाने के बाद जब दोनों बाहर निकले तो जयनाथ बाबा ने नउनिया से कहा—"हमरे बहिन मीना के करोना बा। आज हम वोकरे घरे नरहरपुर गयल रहनीं। हो

सकेला हमके भी पकड़ लेहले होय। अब तोहके भी आपन जाँच करावे के पड़ी।" नउनिया ने मुस्कुराते हुए कहा—"हम त आपके परसाद से ही ठीक हो जाब। जइसे हमार मिरगी आप भगाय देहनै, वइसे करोना खातिर भी कउनो मंतर दे दीहैं।" यह कहकर नउनिया अपने घर की तरफ चल पड़ी।

दो दिन गुजर गए। इन दो दिनों में पुद्दन को पता चल गया कि जिस औरत को वो बात-बात पे ताने देते थे कि "चार रोटी बनाय के दिन भर मोबाइल लेके सुतै वाला का जानै खेती-बाड़ी में केतना मेहनत बा, " वो कितने काम करती है। बर्तन-झाड़ू-कपड़े और रसोई से निपटने में दोपहर हो जाती थी। अम्मा तो बस थर्ड अम्पायर की भूमिका में रहती थीं या यों कहें कि कमेंटेटर थीं। सारा काम करते समय अम्मा की चिक-चिक सुनकर पुद्दन को अपनी माँ ही सास लगने लगी थीं। इधर मीना अपनी कोठरी में या तो सोती रहती या फिर मोबाइल पर लगी रहती। मीना हर कोण से सोच-विचार कर रही थी कि नैहर चली जाए। तबीयत बिगड़ रही थी लेकिन वो घर में किसी को बता भी नहीं रही थी क्योंकि आराम तो वो पहले से ही कर रही थी। ऐसे में अगर उसने जबाँ भी खोली तो अम्मा न जाने कितना पुराना इतिहास खोलकर बैठ जाएँगी। लेकिन अपने मायके बात करते समय मीना यही जाहिर करती कि वो बिलकुल ठीक है।

एक दिन दोपहर को मीना अपनी माँ से बात कर रही थी और इस बात से बेखबर थी कि बाहर सासू माँ बैठी सब सुन रही थीं। मीना ने अपनी माँ को बताया कि उसकी तबीयत बिलकुल ठीक है और एक दिन आराम कर लेने के बाद अब तो वो घर का काम

भी करने लगी है। बात कर लेने के बाद जब मीना कमरे से बाहर निकली तो देखा आँगन में सासू माँ बैठी मुस्कुरा रही हैं। अम्मा ने अपनी चिर-परिचित शैली में कहा—"बाह मीना बाह! इहाँ हमरे बेटवा कै पतिनस होइ जात बा बहरे-भित्तर कै काम करत-करत, वोकर कउनो कदर ना, तूँ अपने नइहरे गावत बाटू कि बेमारी में तूँ काम करत बाटू...त ठीक बा आज साँझ से तुहीं खाना बनावा, हमरे बस के ना हौ।" यह कहते हुए अम्मा बाहर निकल गईं और मीना अवाक् सी बैठी सोचती रही कि थोड़ा कमजोरी तो महसूस हो रही है लेकिन अगर ठीक होने का दिखावा नहीं किया तो ब्याह में जा भी नहीं पाऊँगी और इस इतवार को छोड़ अगले इतवार को राधा भी ब्यूटी पार्लर वाली को लेकर आएगी।

मीना ने निश्चय किया कि अब वो आज से ही अपनी तबीयत बिलकुल ठीक होने का प्रदर्शन शुरू कर देगी। उसी समय पुद्दन घर आए तो मीना ने बड़ी अदा से उनकी तरफ देखते हुए पूछा—"का हो दिलवर जानी! आजकल बड़ा दूरे-दूरे रहत बाटा हमसे?" पुद्दन ये सुनते ही भड़क गए—"अरे! तोहके करोना पकड़ले बा त हम का करीं, कइसे आईं नजदीक?" मीना ने और छेड़ा—"अब तूँ जब ना पकड़बा त केहू ना केहू त पकड़बै करी।" पुद्दन भी बड़बड़ाते हुए बाहर चले गए। दोपहर बाद मीना मन मारकर उठी, घर का सारा काम निपटाया और अपनी कोठरी में जाकर सो गई। बीच-बीच में एकाध बार गोलुआ को इधर-उधर खेलने जाने से रोकने के लिए डाँट भी लगा दी।

पुद्दन और उनकी अम्मा बरामदे में ही बैठे रहे। पुद्दन के मन में मीना के छेड़ने से तरंग तो उठी ही थी लेकिन करोना से ऐसे डरे थे कि क्या करें। अम्मा ने भी कह रखा था कि कुछ दिन मीना से दूर रहो। अब पुद्दन के मन में अन्तर्द्वंद्व चलने लगा। वो चाहते तो थे कि मीना के पास जाएँ लेकिन उसके लिए वे स्वयं को ये तर्क दे रहे थे कि जब मीना का बनाया खाना खा सकते

हैं तो मीना के पास क्यों नहीं जा सकते और इस तर्क ने उन्हें ये साहस दिया और उन्होंने तय किया कि आज रात जब अम्मा सो जाएँगी गोलुआ को लेकर, तब वे चुपचाप मीना के साथ क्वारंटीन हो जाएँगे, लेकिन मास्क लगाकर।

खाने-पीने के बाद पुद्दन, गोलू और अम्मा बरामदे में सोये। पुद्दन इन्तजार करने लगे कि कब अम्मा को नींद आए और वे घर के भीतर जाएँ। लेकिन गोलुआ ससुर बार-बार "ए आजी खिस्सा सुनावा कउवा वाली" कहकर विलम्ब करा रहा था और अम्मा भी उसे कहानी सुनाने में लगी थीं। लेटे हुए आधे घंटे से ज्यादा हो गया, अभी तक दादी-पोता का खिस्सा जारी था। पुद्दन को चिन्ता थी कि प्रचुर मात्रा में समय मिलेगा या नहीं। पुद्दन के पास मोबाइल भी नहीं था। आज घर के अन्दर ही रह गया था उनका फोन। पुद्दन सोच रहे थे कि उनके पास अगर मोबाइल होता तो वे अब तक मीना को फोन करके बता देते कि वे आज भीतर आएँगे।

इसी उधेड़बुन में पुद्दन ने बीच-बीच में गोलू को धमकाया भी—"हरे गोलुआ! सुत जो, आजी के भी सुतै दे। बड़ा आयल बाटे खिस्सा सुनै।" जब लगभग एक घंटा होने को आया तब अम्मा की आवाज कम होने लगी। पुद्दन की साँसें गहरी होने लगीं। वे उठकर बैठ जाना चाहते थे लेकिन अभी अम्मा के खर्राटों का आना बाकी था। बमुश्किल अम्मा ने तीन-चार खर्राटे लिए होंगे कि गोलुआ बोला—"आजी हमके पिसाब लगल बा।" अम्मा जाग गईं, पुद्दन दाँत पीसकर रह गए। अम्मा ने गोलू को ले जाकर सू-सू कराया। दोबारा सोने आईं और इस तरह से आधे घंटे और लगे। आजी-पोता दोनों सो गए। हालाँकि ये रोज का ही हाल था लेकिन आज पुद्दन को भारी लग रहा था।

पुद्दन बड़े हौले से उठे। घर के अन्दर गए। मीना का दरवाजा खटखटाने ही वाले थे कि याद आया मास्क तो लगाया

नहीं है उन्होंने। अब अँधेरे में मास्क कहाँ खोजें, बहुत परेशान हुए। इधर-उधर निगाह दौड़ाई तो आँगन में बँधे तार पर गोलुआ की एक चड्डी थी। पुद्दन ने वही टोपी की तरह जैसे-तैसे पहन ली। जिसे पहनकर वे लो बजट के सुपरमैन लग रहे थे। उन्होंने तीन-चार बार दरवाजा खटखटाया। मीना ने खोला तो सामने चेहरे को अजीब तरह से ढककर खड़े आदमी को देखकर उसकी चीख निकलने ही वाली थी कि पुद्दन बोले—"अरे हम बाटी, तोहार दिलवर जानी!" और फिर दोनों भीतर चले गए, दरवाजा बन्द... बत्ती गुल। कमरे के अन्दर पुद्दन सोशल डिस्टेंसिंग का पालन तो नहीं कर रहे थे। हाँ, शुरुआती क्षणों में मुँह पर पहनी गोलुआ की चड्डी उन्होंने नहीं हटाई, जो कि बाद में धीरे-धीरे खुद ही हट गई। जब अपनी हसरतों को पुद्दन अंजाम दे चुके तब उनका ध्यान इस बात की ओर गया कि मीना दौराने-वस्ल बहुत खाँस रही थी। पुद्दन का सारा रोमांच काफूर हो गया। मीना के रोकने के बाद भी वो ये कहकर बाहर निकल आए—"अम्मा के पता चल जाई त हमार बार नोच लेई।"

ओझइती हुए चार दिन हो गए थे नउनिया की तबीयत खराब होने लगी। गले में दर्द, बदन दर्द और हल्का बुखार। उधर उसके चारागर जयनाथ बाबा भी इन्हीं लक्षणों से परेशान थे। लेकिन इन दोनों के पड़ोसी इस बात से निश्चिन्त थे कि बाबा इसके लिए भी जरूर कोई अनुष्ठान करेंगे दरवाजा बन्द करके और ये सारी बीमारी छू हो जाएगी। इधर ये दोनों बाबा-चेली जानते थे कि ये बीमारी पिछले अनुष्ठान को करने के बाद ही लगी है दोनों को।

छोटी बहन के ब्याह का दिन एक-एक करके नजदीक आता जा रहा था और इधर बड़े भाई जयनाथ खुद ही बीमार पड़ गए थे। सारी भागदौड़ छोटा रामचरन ही कर रहा था। मीना को जब इस बात का पता चला कि जयनाथ भइया तो खुदै बीमार पड़ गए तो उसने उन्हें फोन किया और सलाह दी—"भइया! सुना हमार

बात। सर्दी-जोखाम-बोखार से परेसान मत होया। काढ़ा पीया, गरम पानी पीया, अउर जवन दवाई हम खात बाटी वोकर फोटू खींच के भेजत बाटी, ऊ दवाई तीनों बेला खाय ला तीन दिन। सब ठीक हो जाई। करोना-फरोना के जाँच करावै के चक्कर में मत पड़ जाया।" मीना ने सोचा कि यही मौका है भइया की नजरों में स्वयं को कोरोनामुक्त घोषित करने का, उसने आगे कहा—"हम त इहै दवाई खात बाटी, दुइ दिन से एकदम ठीक बाटी। अब त घर के काम भी हमहीं करत हई।" कोरोना की आशंका से घिरे जयनाथ ने अपनी व्यथा कही—"अरे बहिनी! हम त डर के मारे घरे भी ना जात बाटी, मन्दिरवै पे बाटी। मन्दिरवो के साफ-सफाई ना हो पवले बा दुइ दिन से।" मीना ने हल्के से खाँसकर गला साफ करते हुए धीरे से पूछा—"नउनिया ना आवैले का अब मन्दिर पे भइया?" जयनाथ ने भी उतने ही धीरे से जवाब दिया—"अरे वहू के त इहै कुल पकड़ले बा।" ना जाने क्या सोचकर मीना ने मुस्कुराते हुए फोन काट दिया।

अगले दो दिनों तक पुद्दन डरे-डरे से रहे और मेहरारू से दूर ही रहे। एक खौफ सीने में जमा हो गया था उनके, किसी से कह भी नहीं सकते थे। गलती उनकी ही थी जो कंट्रोल नहीं कर सके थे। ऊपर से अखबार-समाचार से कोरोना के बढ़ते कहर की बातें पता चलतीं तो पुद्दन घबरा जाते। नरहरपुर बाजार में एक बंगाली डॉक्टर था। जो गुप्त रोगों के अलावा कई ज्ञात रोगों का भी इलाज कर देता था। दोनों दिन सुबह-शाम पुद्दन उसके यहाँ जाकर बुखार भी नपवा आए लेकिन सब सामान्य था। तीसरी शाम जब वे घर के काम निपटा रहे थे, गोलुआ और अम्मा बाहर थे उसी

समय मीना ने डोरी वाला ब्लाउज पहनने में असमर्थता जताई, उसके हाथ डोरियों का गठबंधन नहीं करा पा रहे थे। उसने पुद्दन को बुलाया। पुद्दन बेचारे ना चाहते हुए भी डोरी बाँधने पहुँचे। डोरी बाँधने की प्रक्रिया के दौरान पुद्दन ने शरीर के अन्दर एक बेचैनी महसूस की, उस बेचैनी ने पिछले दो दिनों की घबराहट को उड़ा दिया और मीना की कमर में हाथ डालते हुए धीरे से बोले—"आज रात के भी आइब...दरवाजा खुलल रखिहा...!" मीना ने शरमाते हुए कहा—"ठीक बा...लेकिन आज मास्क लगा के आया...!" पुद्दन हँसते हुए बाहर निकल आए। सारे डर पर रोमांच हावी हो गया था, रोमांच को सहारा इस तर्क का भी मिल गया कि बंगाली डाक्टर से जाँच तो करा ही रहे हैं पुद्दन, उनको कुछ थोड़ी ना होगा। कुल मिलाकर पुद्दन रात की योजना को साकार करने के बारे में सोचने लगे। आज फिर वो इस्तमरारी बन्दोबस्त करने में सफल होने जा रहे थे।

मीना ने सोचा था कि किसी तरह पतिदेव को खुश करके इस बात के लिए राजी कर ले कि वे नौशादपुर चले जाएँ ब्याह से कुछ दिन पहले। क्योंकि वहाँ जयनाथ भइया की तबीयत खराब होने लगी थी। अकेले बेचारा रामचरन ही दौड़-धूप रहा था। मीना ने तय किया कि आज रात के मिलन से पहले वो पुद्दन के सामने नौशादपुर जाने की शर्त रखेगी। उसे इस बात का पता था कि बिस्तर में सारे मर्द दशरथ बन जाते हैं, ऐसे-ऐसे वचन दे देते हैं कि जिनको निभाने में सारी उम्र फेंचकुर फेंकते रहते हैं। वो पुद्दन का इन्तजार करने लगी। लेकिन उस रात भी गोलुआ आजी से किस्सा सुन रहा था और पुद्दन ही सो गए। जब बहुत देर हो गई और पुद्दन अन्दर नहीं आए तो मीना बाहर आई। देखा, सब सो रहे हैं। उसने बरामदे में सोये पुद्दन को धीरे से जगाया और अन्दर चली गई। पुद्दन भी अनुगामी बने। उस रात तो पुद्दन बड़ी निश्चिन्तता से तब तक मेहरारू के पास रहे

जब तक गाँव के सारे मुर्गे बोलने नहीं लग गए। और जब बाहर निकलने लगे तो मीना से ये वादा करके निकले कि शनिवार को सुबह वे नौशादपुर के लिए रवाना हो जाएँगे।

वादा तो पुद्दन ने कर लिया था लेकिन अम्मा के सामने ये बात कैसे रखेंगे, ये उनकी समझ में नहीं आ रहा था। उस सुबह मीना घर के काम गुनगुनाकर कर रही थी तो अम्मा को कुछ शक हुआ, शक करने की दूसरी वजह थी पुद्दन के गले पे पड़ा निशान। जिसे पुद्दन ने मच्छरों का आतंक बताया था लेकिन अम्मा अपने अनुभव से जानती थीं कि जब तक पुद्दन के बाप जिन्दा थे तब तक ऐसे मच्छरों के निशान उनको भी पड़ते थे। लेकिन अम्मा चुप रहीं। इधर पुद्दन को ससुराल जाने का कोई उपाय ही नहीं सूझ रहा था, जाने से मना भी नहीं कर सकते, मना करते ही मीना आसमान सिर पर उठा लेगी। इसी उधेड़बुन में वे घर से बाहर ही रहे, अम्मा भी उन्हें सीआईडी वाली नजरों से देख रही थीं।

शुक्रवार आ गया, लेकिन पुद्दन न माँ से कह पाए कि उन्हें नौशादपुर जाना है और ना ही मीना को मना कर पाए। मीना ने सास के सामने ही जयनाथ भइया को हाल जानने के लिए फोन किया और बता दिया कि कल गोलुआ के पापा नौशादपुर जाएँगे। रामचरन के साथ भागदौड़ का काम कर लेंगे और वो मटमँगरा वाले दिन आएगी। अम्मा ने इस पर कोई प्रतिक्रिया नहीं दी। बल्कि उन्हें अच्छा लगा कि पुदना कुछ दिन बहू से दूर रहेगा क्योंकि पुदना जिस लेवल का मेहरबस है और जिस तरह से गले पर होलोग्राम लिए घूम रहा है इसका बहू से दूर रहना जरूरी है। अम्मा ने सोचा कि पुद्दन के साथ ही वे गोलुआ को भी भेज देंगी। अम्मा ने अपनी आवाज से यह जाहिर भी किया कि उनको बिना बताए ये दोनों परानी सारी योजना बना रहे हैं। अम्मा ने गोलू से कहा—"ए बाबू! तैयार हो जो, पापा के साथे मामा के घरे जाए

के बा।" गोलुआ खुशी से चतुर्भुज हो गया। मीना और पुद्दन ने एक-दूसरे की तरफ देखा। मीना चुपचाप घर का काम करने लगी। पुद्दन ने भी सोच लिया कि अम्मा कुछ न कुछ तो कहेंगी ही, सुनने के अलावा कुछ किया नहीं जा सकता। दोनों ने मान लिया कि अम्मा ने इस निर्णय को स्वीकृति दे दी है।

मीना चाहती थी कि गोलुआ को रोके, अपने साथ ले जाए। इस कोरोना के माहौल में वहाँ इधर-उधर खेलेगा, कोई रोकने-टोकने वाला होगा नहीं लेकिन एक विलोम विचार यह भी था मीना के मन में कि सासू माँ के फैसले में संशोधन करने का जोखिम लिया तो मामला बिगड़ सकता है, पता चला उन्होंने पुद्दन को भी जाने से मना कर दिया तो। ये सब सोचकर मीना चुप रही। लेकिन गोलुआ की भी एक छोटी सी किन्तु बड़ी समस्या थी—"हम मउसी के ब्याहे में का पहिनब?" मीना ने तुरन्त जवाब दिया—"हम ले आइब बेटा! नया-नया कपड़ा ले आइब तोहरे लिए।" गोलुआ सन्तुष्ट होता दिखा लेकिन अपनी पसन्द बतानी जरूरी समझा उसने—"सिंघम वाली टीशर्ट चाही हमके। आगे बड़ा के लिखल रहै के चाही 'सिंघम'।" मीना ने सहमति जताई। पुद्दन झुँझलाए—"सरऊ! पिसाब करै त अकेले जाय न पावैने। बनत हउवैं सिंघम।" कुछ देर सोचने-विचारने में टाइम बर्बाद किया पुद्दन ने। बर्बाद यूँ कि 'ना' करने का विकल्प तो था नहीं उनके पास तो सोचना-विचारना क्यों। उठकर अपना मोबाइल चार्जिंग में लगाते हुए उन्होंने पत्नी से कहा—"दुइ जोड़ी कपड़ा त हम रख लेत बाटी। एक जोड़ी पहिर के जाब। ब्याहे में पहिरै खातिर हमार कुर्ता-पायजामा अउर सदरी तूँ ले आया। धोबिया से प्रेस कराय लीहा अउर अपने बैग में सबसे ऊपर हमार कपड़ा रखिहा। ई ना कि सबसे नीचे रख दा। पता चलल कि उहाँ तक आवत-आवत कपड़वै जलेबी बन गयल।" मीना तो हर बात मानने को तैयार थी आज। मीना ने मरद को सलाह दी—"दाढ़ी

बनाय ला, ससुरारी जात हउवा।" पुद्दन चिढ़े—"हाँ त ससुरारी में कवन व्यंजन खाये जात बाटी। काम करै के बा उहाँ जाय के।" आजकल स्वभाव के विपरीत मीना सास और पति की हर बात सुन ले रही थी, जवाब नहीं दे रही थी क्योंकि उसकी प्राथमिकता थी बहन का ब्याह ठीक से निपट जाए, उसके लिए वो फिलहाल कुछ भी बर्दाश्त करने को तैयार थी। इन दोनों माँ-बेटे से हिसाब आइंदा चुकता कर लेगी।

शनिवार की सुबह जयनाथ ने मन्दिर पर चाय-पानी लेकर गए छोटे भाई रामचरन को बताया कि आज नरहरपुर से पुद्दन आ रहे हैं, उनके आने के बाद शाम को जाकर शहर से टीवी, फ्रिज, कूलर अउर पंखा ले आना है। जाने के पहले शहर में रहने वाले जयनाथ के एक दोस्त को फोन करके जाना होगा क्योंकि लॉकडाउन की वजह से दुकानें बन्द हैं, वो पिछले दरवाजे से काम करा देगा। रामचरन जब जाने लगा तो जयनाथ ने कहा—"बाऊ! तनी नउनिया के घरे पड़े होत जाए त। वोसे कह दीहे आज मन्दिर में हवन होई।" रामचरन ने होने वाले हवन का अन्दाजा लगाते हुए रोमांचित होकर किक मारा और बोला—"भइया! तोहार तबीयत ठीक न बा। आज हमहीं हवन में घी गिराय देईं का?" जयनाथ भड़क गए—"मन साफ रहै के चाही हवन-पूजा खातिर। तूँ सरऊ दिन भर मोबाइल में भोजपुरी गाना देखबा। औ बनत हउवा बड़का पुजारी।" रामचरन ने जाते-जाते भइया को चिढ़ाने के मकसद से गाना शुरू किया—"पारा इतना हाई हुआ कि थर्मामीटर टूट गया।" जाते-जाते रामचरन की पीठ से जयनाथ की आवाज टकराई—"नउनिया के बताय दीहे नहीं त तुहूँ के तोर देब।"

पुद्दन अपने घर से नौशादपुर के लिए निकले। बाइक पर पीछे एक छोटा सा बैग बाँधा जिसमें उनके और गोलू के कपड़े थे। गोलू के पास एक 'जूजू' नामक खिलौना था जिसे गोलू महाराज अपने ननिहाल ले जाना चाह रहे थे और इस हसरत को बयान करने के बाद दो तमाचा खा भी चुके थे, अत: वे चुपचाप खड़े होकर अँगूठा चूस रहे थे। पुद्दन बाइक पर बैठे तो आगे गोलू को बैठाया और ताकीद की—"टंकी पकड़ि के बइठिहा ससुरू! चलावत में हंडिल मत पकड़ लीहा नहीं त नाच के नहरी में चल जइबा।" गोलू ने सिर झुकाकर सहमति दी। बाइक निकलने से पहले गोलू ने घूमकर जूजू को देखा जो बरामदे में औंधा पड़ा था। लगभग एक घंटे के अन्दर पुद्दन ससुराल पहुँच गए। गोलू तो जाते ही पड़ोस के हमउम्रों के साथ खेलने-कूदने लगे। पुद्दन ने चाय-पानी कराने आई अपनी सढ़ुआइन सुमन को छेड़ने की रस्म निपटाई, बोले—"का हो! अब त ब्याह होत बा तोहार।" सुमन ने शरमाते हुए कहा—"तब?" जीजा ने मुस्कुराते हुए सलाह दी—"अरे ससुरे जाए से पहिले वैक्सीन लगवाय ला।

कम से कम एक डोज।" वो 'भक्क जीजा' कहते हुए भाग गई। आधे घंटे बाद रामचरन ने पुद्दन को सूचित किया कि शहर चलना है और उसके पहले मन्दिर चल के भइया से उनके दोस्त को फोन करवाना है।

रामचरन और पुद्दन जब मन्दिर पर पहुँचे तो जयनाथ की कोठरी का दरवाजा बन्द था। रामचरन चबूतरे पर बैठ गया। पुद्दन ने कहा—"दरवाजा खटखटावा?" रामचरन ने मोबाइल में देखते हुए जवाब दिया—"बइठा जीजा! ओझइती चलत बा अन्दर।" पुद्दन ने ताज्जुब से कहा—"कहो कइसन ओझइती होत बा ई, धुआँ त न निकलत हौ?" रामचरन ने एक बार बन्द दरवाजे की तरफ देखते हुए कहा—"यह ओझइती में ओझा और जजमान दोनों कै धुआँ निकर जाला, लेकिन देखात ना।" पुद्दन मुस्कुरा दिए।

पुद्दन ने नउनिया के बारे में बहुत कुछ सुन रखा था और उनके अन्दर नउनिया के दीदार की हसरत उछाल मार रही थी। लगभग आधे घंटे तक चबूतरे पर बैठकर पुद्दन अपने छोटे साले रामचरन से पूछते रहे कि केवाड़ी बन्द करके कवन हवन होला हो?" जवाब में रामचरन मुस्करा के रह जाता। जब पुद्दन ने चार-पाँच बार पूछ लिया तब रामचरन ने कहा—"जीजा! आज पूरे नौशादपुर गाँव से करोना भाग जाई। गाँव से ना त कम से कम जयनाथ भइया के त छोड़ देई करोना। भइया अन्दर बहुत जबर पूजा करत हउवैं। कुछ देर में केवाड़ी खुलै वाली बा।" पुद्दन उत्सुकता के साथ दरवाजे पर निगाह गड़ाए बैठ गए। केवाड़ी खुली तो पहले उसके अन्दर से धुएँ के बादल आए। बादल छँटे तो पसीने से लथपथ जयनाथ बाबा निकले। निकलते ही जयनाथ की नजर सामने बैठे बहनोई और छोटे भाई पर पड़ी तो उनके चेहरे का रंग ही उड़ गया, लेकिन किसी तरह सँभलते हुए उन्होंने कहा—"अरे पुद्दन! कब अइला हो?" पुद्दन ने नमस्ते करने के

साथ कहा—"भइया हमने त घंटन से यहीं बइठल बाटी। तूँ पूजा करत रहला त रामचरन कहनैं कि यहीं बइठ के इन्तजार करल जाय।" जयनाथ अब रामचरन से मुखातिब हुए—"तूँ सरऊ इहाँ बइठ के टाइम बरबाद करत हउवा। पुद्दन के साथे शहरे तक चलि गयल होता। हम खाली होइ के फोन क देइत न अपने संगी के।" रामचरन ने माहौल को और छेड़ा—"अरे हम सोचनीं कि जीजा भी परसाद पाय जइहैं।" यह कहते समय रामचरन के चेहरे पर जो कुटिल मुस्कान थी, उसे पुद्दन ने भी देख लिया था। पुद्दन का गँवई मन उछलने लगा नउनिया के दर्शन को, उन्होंने भी कहा—"हाँ भइया! परसाद दा, फिर हम लोग जाईं।" जयनाथ दाँत पीसते हुए कोठरी के अन्दर चले गए। जाते हुए उनके कंधे पर लिपस्टिक का निशान पुद्दन को दिख गया, उन्होंने रामचरन से पूछा—"हऊ भइया के कन्हवा पर लाल-लाल का लगल हौ हो?" रामचरनवा ने उसी हरमपन के साथ जवाब दिया—"अरे जीजा! कउनो जबर जजमान मिल जाला त पूजा में रोरी-चंदन त यहँ-वहँ लगी जाले।"

दस मिनट बीत गए। जयनाथ कोठरी से निकले नहीं। पुद्दन ने फिर रामचरन से सवाल किया—"कहो, कहाँ रह गइनै भइया। परसदवा देतैं त हम लोग चलित?" रामचरन उठकर कोठरी के थोड़ा नजदीक गया और बोला—"भइया! हम लोग जात हई अगर एकाध अध्याय बाकी होय त पूरा करा आराम से फोन क दीहा अपने दोस्त के। हम लोग लउट के परसाद लेब।" यह कहकर रामचरन ने पुद्दन को वहाँ से चलने का इशारा किया। पुद्दन भी मन मारके बाइक पर पीछे बैठ गए। बाइक की आवाज दूर होती गई। कोठरी अन्दर से फिर बन्द हो गई।

दो दिन से ज्यादा सक्रियता दिखाने की वजह से मीना की तबीयत फिर से हिलने लगी। लेकिन सिर्फ इस डर से कि नइहर जाने का मौका नहीं मिलेगा, मीना ने सक्रियता बनाए रखने का निर्णय लिया और उस शाम सास को खीर बनाकर खिला दी। सास खीर पाकर खुश तो हुईं, तीन कटोरी खीर पी लेने के बाद एक सुलगता ताना भी उन्होंने छोड़ दिया—"जब हमार बेटवा-पोता ना हउवैं तब खीर बनल हौ।" मीना के अन्दर कुछ दिनों के लिए सब्र आ गया था, उसने जवाब नहीं दिया।

काम-काज निपटा के उसने राधा को फोन करके याद दिलाया कि कल इतवार है, दुपहरिया में ब्यूटी पार्लर वाली को लेकर आना है और यह आश्वासन भी दिलाया कि मेरी तबीयत अब बिलकुल ठीक है। डरने की कोई बात नहीं। मीना ने सोने से पहले तीन-चार राउंड पानी गरम कर-कर के भाप ली और दो बार काढ़ा पीया। लेकिन जो कमजोरी महसूस हो रही थी वो चिन्ता का विषय थी और इस बारे में जानकारी लेने के लिए उसने अपने ननदोई महेश को फोन किया। मीना की सारी बात सुनने के बाद महेश ने एक नेक सलाह दी कि ऐसे माहौल में मायके जाना ठीक नहीं रहेगा। लेकिन मीना ने उलटा उनको बोला कि सोमवार को आकर उसको बजार करा दें। गोलुआ के लिए कपड़ा लेना है और अपने लिए भी कुछ सामान लेना है। हालाँकि मीना जब ये उनसे कह रही थी तो महेश ने नेटवर्क की समस्या बताते हुए दो बार आवाज ना सुनाई देने की बात कही और फोन काट दिया। मीना ने दोबारा कॉल की तो फोन ऑफ हो गया था।

सारा सामान लेकर शहर से लौटते-लौटते पुद्दन और रामचरन को बहुत देर हो गई। इस दौरान पुद्दन को बुखार और बदन दर्द ने जकड़ लिया और इस बात का पता रामचरन को लग गया था। रामचरन ने बी.एड. किया था, होशियार बालक था। उसे अन्दाजा लगाते देर न लगी कि यह करोना है जो मीना दीदी से जीजा को और जयनाथ भइया को हुआ है। जयनाथ भइया से नउनिया को हुआ है और इधर सात घंटे से वो स्वयं पुद्दन जीजा के साथ बाजार कर रहा है। हिम्मत जुटा के उसने पुद्दन से कहा—"जीजा! तबीयत ठीक न होय तौ तुहूँ मन्दिरवै पे रुक जा।" पुद्दन समझ रहे थे कि इन सालों ने मन्दिर के बगल में एक कमरा बनवा रखा है आइसोलेट होने के लिए, पुद्दन बोले—"लेकिन मन्दिर वाली कोठरी में त जयनाथ भइया ओझइती करैने हमेसा। हम कइसे रहब?" रामचरन ने कुटिलता से मुस्कुराते हुए कहा—"अरे तूँ रुक जइबा त कुछ दिन ओझइती-सोखइती भी बन्द रही। अपने आप ठीक होइ जइहैं, भइया भी, तूँ भी।" यह कहने के बाद रामचरन ने बाइक मन्दिर की तरफ मोड़ ली, जिसके चबूतरे पर अकेले बैठकर बाबा जयनाथ चिलम खींच रहे थे। पुद्दन और छोटे भाई को देखते ही बोले—"आय गइला लोगन! अरे रामचरन यनके घरे लै गयल होता। खाय-पी के आराम करतैं। यहँ का लै के चलि अइला?" रामचरन ने जवाब दिया—"जीजा के बोखार मालुम देत हौ, यहीं मन्दिरवै पे सुतैं इहो तौ ठीक रही।" जयनाथ पर मानो वज्रपात हुआ लेकिन क्या करते, बोले—"ठीक बा, यनकर खाना पहुँचाय दा घर से लाके, अउर तूँ भी गरम पानी से नहाय लीहा।"

रामचरन ने बाइक दोबारा स्टार्ट की तो जैसे जयनाथ को कुछ याद आया, बोले—"अउर सुना।" उनके बोलने से पहले ही रामचरन ने कहा—"हमके पता बा, नउनिया से कहै के होई कि सवेरे पूजा ना होई।" यह बोलकर रामचरन तेजी से निकल गया और जयनाथ किचकिचाते हुए बोले—"भक्क सारे!" पुद्दन

ने चबूतरे पर बैठने के बाद जेब से मोबाइल निकाला। महेश की दो मिस्ड कॉल थीं।

अब इतनी रात को पुद्दन ने अपने बहनोई महेश को फोन करना उचित नहीं समझा क्योंकि उन्हें उस वेदना का एहसास था जब रात को वो पत्नी के पास होते हैं और पत्नी फोन पर लगी रहती है, उस टाइम पुद्दन स्वयं के लिए मन ही मन में धोबी के कुत्ते वाली कहावत दोहराते रहते हैं। यही सब सोचते हुए पुद्दन ने सुबह महेश को फोन करने का निर्णय लिया। एक कारण और था जो कि ज्यादा महत्त्वपूर्ण था। पुद्दन की तबीयत खराब हो रही थी, उन्हें इस बात का अन्दाजा होने लगा था कि मेहरारू द्वारा मुस्कराकर दिलवर जानी कह दिए जाने पर वे मुँह पर गोलुआ की चड्डी पहनकर जो अनियंत्रित हुए हैं, उस विचलन का रिजल्ट दिखने लगा है। ऊपर से ससुराल आ गए हैं, यूँ तो ससुराल में दामाद की जबर इज्जत होती है, लेकिन अगर दामाद के अन्दर कोरोना के लक्षण दिखने लगें तो उसे यूँ दरकिनार भी कर दिया जाता है, इस परम्परा की शुरुआत इसी वायरस के नाम लिखी जाएगी।

पुद्दन को इस तरह मन्दिर पर सुलाया जाना बहुत अखर रहा था। ससुराल में दामाद का आना एक उत्सव होता है, ऐसा भी क्या कोरोना का डर कि दामाद को गाँव से बाहर मन्दिर के चबूतरे पर सोने को कह दिया। "ये साला रामचरना कुछ जादे खलीफा बनता है, बी.एड. कर लिया है तो अभी से एतना घमंड। एतना बड़ा जानकार हैं सरऊ तो काहे नहीं अड़सठ हजार वाली भर्ती में मास्टर बन गए।" पुद्दन यह बात भी समझ रहे थे कि जयनाथ को भी कोरोना पकड़ चुका है, हो न हो नउनिया को भी पकड़ा ही होगा जो सुबह-शाम ओझइती करवाती है इनसे। अब पुद्दन के अन्दर भी लक्षण दिख रहे हैं। ऐसे में जो समीकरण बन रहे हैं वो ये कि पुद्दन को मन्दिर पर ही रहना होगा साथ ही विवाह सम्बन्धित प्रयोजनों के लिए भागदौड़ भी करनी होगी। लेकिन क्यों

करे वो भागदौड़, जिसका ब्याह है उसका बड़ा भाई जब बोखार आने पर मन्दिर से हिल भी नहीं रहा है तो पुद्दन तो फिर भी दामाद हैं। उनके मन में एक खयाल यह भी आया कि वे अपने घर चले जाएँ। लेकिन गोलू भी तो है, अब उन्हें अपने बेटे की फिक्र हुई।

रामचरन जब घर पहुँचा तो गोलुआ पिता के इन्तजार में जाग रहा था और जैसे ही उसने अपने छोटके मामा को अकेले आया देखा तो पैर पटक-पटककर रोने लगा—"हम पापा के लगे सुत्तब...हम पापा के लगे सुत्तब।" बड़ी मुश्किल से उसकी सुमन मौसी ने टॉफी देकर उसे बहला-फुसलाकर सुलाया। रामचरन ने परिजनों को बता दिया—"जयनाथ भइया अउर जीजा के त कोरोना पकड़ चुकल बा। तीन दिन ब्याहे में बचल बा, अब हमहीं के भागदउड़ करै के होई।" यह कहते हुए रामचरन के मन में मालिक वाली फीलिंग आ रही थी। बतौर मालिक उसने पहला फरमान जारी किया—"जीजा अउर भइया अब ब्याह के दिन घरे अइहैं। हम सवेरे बात करब मीना दीदी से कि ऊ ब्याहे में न आवैं तबै ठीक हौ। सुमनी के ससुराल वालन से भी बतियाइब कि दस-बारह जने से जादा लोग न आवैं बरात में।" कोरोना को देखते हुए रामचरन की बात बिलकुल ठीक थी लेकिन माँ का दिल कैसे मानता, बोलीं—"अरे बेटा! मिनवा छोट बहिन के ब्याहे में काहे न आई? अउर घर के बड़ा दमाद मन्दिर पे सुतिहैं त दुनिया का कही?" माँ के इन भावनात्मक तर्कों का जवाब रामचरन ने डराते हुए दिया—"अरे अम्मा! समझत काहे न बाटू। तबीयत बिगड़ जाई, कुछ ऊँच-नीच हो जाई तब्बो त दुनिया कुछ न कुछ कही।" अम्मा अड़ गईं, बोलीं—"हमके लोगन न समझावा करोना-फरोना। हमार दमाद मन्दिर पर ना सुती। चाहे कुछ हो जाय।" रामचरन ने समझाने की कोशिश की तो अम्मा और बिफर गईं—"जुग जमाना का कही, तोहरे लोगन त बस चार अच्छर पढ़ लेहले बाटा त कुल लाज-सरम भुलाय गयल

हउवा।" रामचरन पाँव पटकता हुआ बाहर निकल गया, अम्मा ने उसकी पीठ पर अपनी आवाज चिपकाई—"हमरै जनमावल लइका हमहीं के कानून सिखावत बा।"

रामचरन मन्दिर पर सिर्फ जयनाथ के लिए खाना लेकर गया, पुद्दन ने क्षण भर के अन्दर ही सोच लिया—"लगत बा ई साले दमाद के खाना भी ना दीहैं।" लेकिन उनकी यह सोच तुरन्त टूट गई जब रामचरन ने कहा—"जीजा! चला घरे, इहाँ ना ठीक लगत बा। ससुराल में आय के मन्दिर पे सुता, ई सही ना होई। चला गोलुआ भी रोवत बा। कहत बा कि पापा के लगे सुतब।" पुद्दन ने मन ही मन सोचा कि चलो इन सालों को कुछ तो अकल आई, धीरे से बोले—"वइसे इहाँ भी कवनो दिक्कत ना बा। लेकिन मच्छर साले उठाय ले जाए चाहत हउवैं।" रामचरन ने कहा—"चला घरे जीजा, मच्छरदानी लगाय के ठाठ से सुता।" पुद्दन ने हामी भरी।

उधर बहन सुमन भी उदास थी। खुद को कोस रही थी कि ना जाने किस मुहूर्त में ब्याह हो रहा है उसका। मुहूर्त बताने वाले पंडित को बार-बार मुँहझौंसा, पगड़ीलौना कह रही थी। पंडित ने कहा था कि बड़ा शुभ समय है ब्याह का। कल इतवार को उसकी शादी का माड़ौ (मंडप) छाया जाएगा। कितनी रौनक रहनी चाहिए इस मौके पर लेकिन कोई नहीं आया है। उधर दीदी को कोरोना हुआ है...गाँव में असमय दो मौतें हो गई हैं तो लोग डरे हुए हैं। आसपास की कोई सहेली डर के मारे नहीं आ रही है। बुलाने पर सब कह रही हैं कि घरवाले मना कर रहे हैं कि ब्याह के दिन ही जाना। रोज-रोज नहीं जाना है। बस एक उषा फुआ आई हैं। तो वो बार-बार सुमन को संस्कार ही सिखाए जा रही हैं कि किस तरह से ससुराल में रहना है, किस परिस्थिति में कैसा व्यवहार करना है। न गीत, न गवनई। सबके ब्याह में दस दिन पहले से रात को पास-पड़ोस की महिलाओं और लड़कियों का गाना-बजाना होता है। सुमन के ब्याह में रात को हर घर से नमक

गरम पानी से गरारे करने की आवाजें आती हैं। बस बिलकुल पड़ोस की दो औरतें, फुआ और अम्मा ही रात को आधा-एक घंटा गाती हैं। फुआ कहती हैं कि "सुभ होला।"

पुद्दन पुन: ससुराल पहुँच गए। गोलू को समझा-बुझाकर सुमन के पास सुलाया गया, उसकी जिद थी कि पापा के पास सोना है। जब सुमन गोलू को समझा रही थी तो चढ़ते बुखार की आशंका के बीच पुद्दन ने मजाक किया—"जो बेटा! इनके लगे सुत जो। समझ लीहे कि हमहूँ वहीं सुतल बाटी।" सुमन एक आदर्श साली की तरह शरमा गई। उसके अन्दर जाते ही पुद्दन खटिया पर पलट गए। उनकी खटिया नीम के पेड़ के नीचे लगी थी। जब शरीर स्थिर हुआ और नींद की आहट होने लगी तब पुद्दन ने महसूस किया कि पूरा शरीर सनसना रहा है। किसी अनहोनी की आशंका से पुद्दन काँप उठे। पहले तो उन्होंने खुद को ये कहकर समझाया कि दिन भर की भागदौड़ की वजह से उन पर थकान हावी है, नींद आ जाएगी तो सब ठीक हो जाएगा लेकिन जब आँखें बन्द करते तो मन्दिर के पास वाले पेड़ पर बँधे घंट पलकों पर ही लटके दिखते और इसी मनोदशा में पुद्दन को लगा कि उन्हें बुखार चढ़ रहा है। दोनों करवटों में सुमन की जो काल्पनिक उपस्थिति उन्होंने बना रखी थी वो गायब हो गई, हर करवट पर एक डर सा बैठ गया। कुछ ही देर बाद साँसें भारी होने लगीं...अब पुद्दन से रहा नहीं गया। सोचा थोड़ी देर टहल लेने से शायद कुछ राहत मिले लेकिन उनसे उठा भी नहीं गया। उन्होंने कुछ ही दूरी पर खटिया पर पड़े रामचरन को आवाज दी जो अपने ही खर्राटों की आगोश में मुँह बाये सो रहा था। उसे जीजा की आवाज नहीं सुनाई दी। पुद्दन ने उसे फोन किया तब जाकर उसकी नींद खुली। नींद टूटते ही स्क्रीन पर पुद्दन का नाम देखकर रामचरन चौंक गया। देखा तो बगल की खटिया पर लेटे पुद्दन उसे आवाज दे रहे हैं। रामचरन को जैसे ही जीजा का हाल पता चला उसने सबसे पहले आवाज

देकर बरामदे में सोई अम्मा को जगाया—"आवा देखा! दमाद के हाल...अब बोलावा जुग-जमाना के दवाई करै खातिर।"

पन्द्रह मिनट के अन्दर पुद्दन को रामचरन, जयनाथ, बाऊजी, अम्मा, सुमन, गाँव के दो लड़के और गाँव के लोगों का इलाज करने वाले डाक्टर यादव ने घेर रखा था। डाक्टर ने मास्क लगाया हुआ था। बाकी लोगों को उन्होंने थोड़ी दूरी पर खड़े होने को कहा। अपने स्तर पर वे जितनी जाँच कर सकते थे उन्होंने की, अर्थात् माथा छूकर देखा, टॉर्च जलाकर मुँह के अन्दर देखा और आँखों में देखा फिर बोले, "यनके जेतना जल्दी हो सकै अस्पताल ले जा लोगन। आक्सीजन लगावे के पड़ी।" यह सुनते ही पुद्दन को लगा जैसे उनके गले से कोई बड़ा सा गोला खिसकते हुए सीने की तरफ जा रहा है। डाक्टर यह कहकर चले गए कि पुद्दन आधे घंटे पेट के बल लेटे, थोड़ी राहत मिलेगी लेकिन अस्पताल तो ले ही जाना होगा।

रामचरन ने मोबाइल निकाला। दस मिनट तक इधर-उधर बातें करता रहा, परेशान होता रहा। शहर वहाँ से तीस किलोमीटर दूर है और शहर में स्थित हर अस्पताल के बाहर मरीजों की लम्बी कतारें हैं, जिसको भी फोन मिलाए वो यही बताता। रामचरन का खास दोस्त मखंचू जो वहाँ पर आया था, वो एक कोने में बैठकर मोबाइल पर कुछ तलाश रहा था। अचानक उसने रामचरन को बोला—"रमचरना! सुन...ई नम्बर मिलाव त...युवा राष्ट्र सेवा मंडल वाले फेसबुक पर लिखले हउवैं कि चौबीस घंटा में कभी भी जरूरत होय त बतावा।" रामचरन ने कहा—"ई सब मदद करिहैं?" मखंचू ने जवाब दिया—"काहे, तोर जीजा युवा ना हउवैं का?" रामचरन ने नम्बर मिलाते हुए कहा—"हरदम मजाक ना ठीक लगाला मखंचू।" रामचरन ने उस नम्बर पर बात की, किसी विशाल भाई से बात हुई। वो बोले सुबह तक अस्पताल में व्यवस्था करा देंगे। रामचरन ने मखंचू से कहा—"बोलेरो लियाव आपन जल्दी।

मास्क लगाय लीहे, अउर गमछा ले लीहे।" ब्याह के लिए रखे पैसों में से पचास हजार रुपये रामचरन ने बाऊजी से लेकर रख लिये।

रामचरन जब मखंचू की बोलेरो से पुद्दन को लेकर जिला हॉस्पिटल पहुँचे तो युवा राष्ट्र दल वाले विशाल भाई का कहीं पता ही नहीं था और अस्पताल के बाहर ऐसे बीसियों मरीज थे जो किसी न किसी विशाल भाई के भरोसे वहाँ पड़े तड़प रहे थे। विशाल भाई का नम्बर लग नहीं रहा था, रामचरन ने मखंचू को ही गरियाना शुरू कर दिया—"तुम्हीं खोजे थे साले फेसबुक पर विसलवा को, अब देखो फोनवै नहीं लग रहा है उसका।" आरोप लगने के बावजूद मखंचू शर्मिंदा नहीं हुआ, बोला—"तुहूँ त बतियवले रहला चलले से पहिले, अब का छनछनात हउवा?" इधर बोलेरो में लेटे-लेटे पुद्दन की हालत बिगड़ रही थी। रामचरन उन्हें झूठी दिलासा दिलाए जा रहा था।

मखंचू ने फेसबुक पर देखा तो उस दल के पेज पर विशाल भाई की जय-जयकार चल रही थी क्योंकि विशाल भाई ने रात के ढाई बजे एक मरीज के लिए बेड और ऑक्सीजन की व्यवस्था कर दी थी, मरीज की जान बच गई और फेसबुक पर विशाल भाई मसीहा घोषित हो चुके थे। दो-चार कमेंट्स पढ़ने के बाद पता चला कि विशाल भाई ने जिस मरीज को भर्ती कराया था वो नौशादपुर गाँव का है। रामचरन ने बी.एड. कर ही रखी थी अत: उसे यह समझते देर न लगी कि उसने रात में कॉल करके जो मदद माँगी थी, उस दौरान नाम-पता सब बताया था और उस

नाम-पते का इस्तेमाल इस तरह करके विशाल भाई ने अपनी धूर्तता की रेंज का परिचय दिया है, क्योंकि नौशादपुर उसका गाँव है और अभी तक उसके गाँव से कोई और कोरोना की वजह से अस्पताल नहीं गया है। रामचरन ने दाँत पीसते हुए फोन मिलाया, दाँत इतनी जोर से पीसा कि मखंचू ने पूछ ही लिया—"का भाय अकेले-अकेले रजनीगंधा रगड़त बाटे?" रामचरन ने गुस्से में कहा—"चोप्प साले।"

पुद्दन ने बोलेरो से बाहर झाँककर अस्पताल के बाहर का नजारा देखा, कलेजा काँप गया उनका। पहली बार उनके मन में यह विचार आया कि ये कोरोना कहीं दुनिया से विदाई न करा दे। बुझे दिल से वे पिछली सीट पर लेट गए। रामचरन अपने हिसाब से बहुत प्रयास कर रहा था लेकिन कहीं बात बनती नजर नहीं आ रही थी। उसने निर्णय लिया कि अब शहर के हर अस्पताल में जाकर देखेगा, बोलेरो दोबारा स्टार्ट हुई, पुद्दन ने सवालिया निगाहों से अपने छोटे साले की तरफ देखा जो उस समय कोरोना वायरस और व्यवस्था को एक ही लय-ताल से गालियाँ दिए जा रहा था।

आजमगढ़ शहर के तीन बड़े अस्पतालों के चक्कर काटने पर यही लगा कि सिर्फ अस्पतालों के नाम अलग हैं बाकी अव्यवस्था और अभाव में वे सब एक जैसे हैं। साँसों की भीख माँगते मरीज और उनके परिजन हर जगह दिखे। रामचरन का एक दोस्त था अरविन्द, जो बी.एड. में उसके साथ था और रामचरन के साथ ही अब बेरोजगार था। उसका घर शहर में ही था, उसने बताया कि एक अस्पताल है—'लाइफ क्योर', वहाँ पर कुछ जुगाड़ बन सकता है। बोलेरो 'लाइफ क्योर' की तरफ घूम गई, उसके बाहर भी कई सारी तड़पती लाइफ दिखीं।

अरविन्द ने फोन पर बताया कि वो सारा इन्तजाम करके फोन करेगा। तब तक वे लोग अस्पताल के पास रुककर

इन्तजार करें। इन्तजार के पलों को काटने के लिए पुद्दन ने रामचरन से मखंचू के बारे में पूछा—"मखंचू तोहार साथी हउवैं ई त पता चलि गयल, लेकिन का कामधाम करैने ई?" रामचरन ने मुस्कुराते हुए कहा—"जीजा! बहुत लम्बी कहानी बा मखंचू कै।"

पुद्दन ने कहा—"सुनावा मरदे, ध्यान बँटल रही त तकलीफ कम होई।" रामचरन ने मखंचू की तरफ देखा, तो मखंचू बोला—"अरे बताय दे यार, कुल त तोके पता बा।" अब रामचरन किसी लोकल व्यास की मुद्रा में आ गया और मखंचू कथा उसने शुरू की—

"मखंचू की पढ़ाई-लिखाई जितनी भी हुई थी वो रामचरन के साथ ही हुई थी। बाद में रामचरन बी.एड. करने के चक्कर में पड़ गया और मखंचू नौकरी करने के। जिस दौरान रामचरन बी.एड. करने की तैयारी कर रहा था उसी दौरान मखंचू का ब्याह हो गया। पत्नी आई तो मखंचू कुछ दिन प्रसन्न रहा लेकिन धीरे-धीरे खर्चा बढ़ने पर चित भी हो गया। कुछ दिनों के बाद मखंचू गोदान एक्सप्रेस पर सवार होकर मायानगरी बम्बई जा पहुँचा और वहाँ किसी कारखाने में खटने लगा। नई-नई शादी हुई थी तो वह हर महीने गाँव जाना चाहता था जोकि सम्भव नहीं हो पाता। मखंचू विरही की भाँति मोबाइल पर बतियाकर, फोटू देखकर सन्तोष

कर लेता। बम्बई गए सात-आठ महीने ही हुए थे कि एक दिन गाँव में मखंचू के पिता चल बसे, माँ पहले से ही नहीं थीं। अब मखंचू गाँव आया तो पिता की तेरहवीं निपटने के बाद पत्नी को भी बम्बई ले आया।

इधर गाँव में मखंचू के दोनों बड़े भाइयों ने सारी जमीन दो हिस्सों में बाँटकर खेती-बाड़ी करनी शुरू कर दी। मखंचू ने कभी यह जानने की भी कोशिश नहीं की कि गाँव में क्या चल रहा है। रामचरन ने एक-दो बार जिक्र किया कि तुम्हारे भाइयों ने तो तुम्हारे हिस्से की जमीन भी कब्जे में कर ली है लेकिन मखंचू 'जाए दे मरदे' कहकर टाल जाता। मखंचू की पत्नी भी कभी-कभी कहती कि चल के अपना हिस्सा तो देख आओ, लेकिन मखंचू टालता रहा।

कोरोना का नाम जब कहीं-कहीं सुनाई पड़ने लगा तो आम भारतीय की तरह मखंचू ने भी एहतियातन गरम पानी से नहाना शुरू कर दिया, जब बम्बई में मामले बढ़ने लगे तो मखंचू ने नहाने के बाद धूप-अगरबत्ती भी जलानी शुरू कर दी। और जब प्रधानमंत्री ने ताली-थाली का आह्वान किया तो मखंचू ने एक पुरानी थाली को बेतहाशा पीटा। उस पिटाई में भाइयों के लिए छुपा गुस्सा भी था, पत्नी के साथ रोज-रोज होने वाली किच-किच का प्रभाव था, फैक्टरी बन्द होने की अफवाहों का डर था और बचपन में धान की जरई की रखवाली करने के दौरान चिड़िया भगाने के लिए पीटे जाने वाले कनस्तर की यादें थीं। अब इतना कुछ तो थाली बर्दाश्त करती नहीं, लिहाजा थाली का वही हाल हुआ जो कुछ ही दिनों में दुनिया भर की स्वास्थ्य व्यवस्था का होने वाला था।

लॉकडाउन लगा...कई लोगों की तरह मखंचू को भी उम्मीद थी कि महाभारत में लगने वाले समय से भी कम समय में देश इस युद्ध को जीत लेगा। लेकिन पेट की आग आश्वासन और उम्मीद

से नहीं शान्त होती। एक-एक दिन निकलने लगा, आग भभकती गई। दो-चार छींटों से वो आग कहाँ बुझने वाली थी। बचत कुछ थी नहीं, कुछ ही दिन पहले मखंचू ने पन्द्रह हजार रुपये गाँव में बड़के भइया को भेजे थे, क्योंकि भइया फोन करके रोने लगे कि उनके साले की तबीयत बहुत खराब है। लॉकडाउन के दौरान भूख लगने पर पत्नी उन्हीं पैसों का ताना देने लगी। जिस खोली में रहता था उसका मालिक रोज आकर चेतावनी दे जाता था कि किराया टाइम पर चाहिए, काम-धंधा बन्द था। किसी तरह एक टाइम के खाने का जुगाड़ बन पा रहा था ऐसे में किराया चुकाना बहुत बड़ी चुनौती थी। फैक्ट्री के मालिक ने फोन उठाना ही बन्द कर दिया था। आसपास के लोगों का भी यही हाल था। हफ्ते भर बाद जब महीने की पहली तारीख आई तो खोली का मालिक सुबह-सुबह किराया वसूलने आ गया। किराया न देने पर दो दिन का समय देकर गया...अगर किराया नहीं दे सकते तो खोली खाली कर दो। अगले दो दिन तक मखंचू बम्बई में जिसको भी जानता था उसके आगे हाथ फैलाता रहा लेकिन सबका हाल एक जैसा ही था। पत्नी ऐसे में रह-रहकर याद दिलाती रहती कि अगर अपने भाई

को पैसे नहीं भेजे होते तो वही पैसे आज काम आते। दो दिन बाद मखंचू को खोली खाली करनी पड़ी। उसके जैसे कई और लोग भी थे। सबने यह तय किया कि पैदल गाँव की तरफ बढ़ा जाए। यहाँ रहकर भूख से मरने से अच्छा है कि चलते-चलते कोशिश करके मरा जाए। हो सकता है कि गाँव पहुँच ही जाएँ।

मखंचू जैसे लाखों सैनिक विशाल युद्धक्षेत्र में अपनी-अपनी भूख के साथ आगे बढ़ने लगे।

मोबाइल पर एक मशहूर कम्पनी के द्वारा दिए गए डाटा पैक की सहायता से ये सैनिक सुनने लगे कि आज इतने साथी मारे गए, कल इतने साथी अस्पताल में भर्ती कराए गए। सैनिक चलते रहे...सामने मौत दिखने लगी लेकिन मरने से पहले ये सब अपनी-अपनी माटी तक पहुँचना चाहते थे। मखंचू जब पत्नी के साथ पैदल बम्बई से गाँव की तरफ चला तो न जाने क्यों भूख लगने पर उसे बचपन में खाई गई माटी का स्वाद याद आने लगा। रोटी तो छिन गई थी, अब माटी का ही सहारा था। अब पत्नी भी ताने नहीं दे रही थी, चुप हो गई थी। मखंचू जैसे सैकड़ों लोग एक समूह में निकले थे। हाइवे पर चलते हुए सड़क की गर्मी इन सबकी आँखों से आँखें नहीं मिला पा रही थी।

ये सब वो सैनिक थे जिनके सेनापति उन्हें अकेले मरने के लिए छोड़ चुके थे। कभी-कभी मोबाइल स्क्रीन पर वे दिखते तो सैनिकों से कहते कि गर्व करो तुम भारतीय हो, तुम्हारे पूर्वजों ने इससे बड़े-बड़े संकट झेले हैं, तुम इतना भी नहीं कर सकते। गर्व करो, भूख लगे तब गर्व करो, प्यास लगे तब गर्व करो, चलते-चलते बेदम हो जाओ तब भी गर्व करो, मर जाओ लेकिन इस कोरोना के आगे घुटने मत टेकना। इतना गर्व करो कि कोरोना को भी लगे कि वो गलत जगह पर आ गया है। ये सैनिक उसी गर्व के सहारे भूखे-प्यासे, चिलचिलाती गर्मी में जिन्दगी को ढोते हुए आगे बढ़ते रहे। रास्ते में कहीं हैंडपम्प दिखता तो ये पानी पीते,

कोई बताता फलाँ पिक्चर में फलाँ हीरो ने हैंडपम्प उखाड़ दिया था, कोई याद दिलाता कि वो हीरो भी संसद में है, बाकी सब कहते कि इस टाइम अपने घर में बैठा होगा वो, संसद में थोड़ी न होगा। इस पर कोई याद दिलाता कि भक्क...सरकार आराम नहीं करती है, सरकार आराम करती तो हमें चलने के लिए इतनी अच्छी सड़क थोड़ी न मिलती। चल रहे लोगों में से कुछ लोग सरकार की तारीफ कर रहे थे—"देखिए ना मरदे कैसी चमचमाती हुई सड़क बनवा दी है, एकदम सीसा जइसी।" बाकी लोग इस उपलब्धि का बखान ध्यान से सुनते चल रहे थे।

चलते समय लोग खाने-पीने का जो भी सामान ला पाए थे, वो धीरे-धीरे समाप्त होने लगा था, पेट की आग पानी से नहीं बुझती। बल्कि समिधा का काम करता है पानी। हजारों लोगों की इस कतार को देखकर लग रहा था कि इन लोगों ने जिन शहरों की ऊँची-ऊँची इमारतें और लम्बी-चौड़ी सड़कें बनाने में अपना खून-पसीना बहाया है, उन शहरों ने इनकी सुध नहीं ली, बस गर्व करने के लिए छोड़ दिया है। कई बार ऐसा भी हुआ कि मखंचू को यह महसूस होने लगता कि अब शायद ही गाँव पहुँच पाएँ। सोलह-सत्रह सौ किलोमीटर की दूरी भूखे-प्यासे पैदल तय करना बहुत कठिन था। मखंचू अपने निराश होते मन के भाव को चेहरे पर नहीं लाता। मखंचू की पत्नी भी यही कर रही थी। उसके मन में भी कई सारी अधूरी हसरतों का झंझावात चलता लेकिन वो चुपचाप चलती रहती। साथ चल रहे लोग एक-दूसरे से ना के बराबर बातें करते क्योंकि चलते-चलते बात करने से गला जल्दी सूखता।

मखंचू को याद आया कि पिछले तीन-चार घंटों से वे सब लगातार बस चल रहे हैं। उसने सोचा कि अब अगर वो नहीं बोलेगा तो शायद कभी न बोल पाए। बगल में चल रहे आदमी से उसने कहा—"कभी सोचा था ये दिन देखने को मिलेगा?" उस आदमी ने कोई प्रतिक्रिया नहीं दी, आगे बढ़ गया। मखंचू ने पीछेवाले से कहा—"हर बार गाँव जाते समय हम पैसे लेकर जाते थे और इस बार खाली पेट, खाली जेब लिए जा रहे हैं, ऐसे जाने पर गाँव हमें पहचानेगा?" पीछेवाले ने धीरे से कहा—"भाई कोई पहचाने या न पहचाने माँ तो पहचानेगी ही।" उसका जवाब सुनकर मखंचू की आँखें भर आईं। मखंचू जब आठ साल का था तभी उसकी माँ गुजर गई थीं। मखंचू ने बगल में चल रही पत्नी से कहा—"सुना! कसम खा कि हमसे पहिले ना मरबू!" पत्नी ने गुस्से में कहा—"अइसन बात ना करा, चलत रहा, भगवान सब ठीक करिहैं!" मखंचू ने कृत्रिम हँसी हँसते हुए कहा—"भगवान के मत परेशान करा, आराम करै दा वोनके...!"

काफिले में एक महिला अपने बच्चे को कंधे पर बिठाए चल रही थी। लगातार चलते रहने से जब थक गई तो निगाहें छाँव तलाशने लगीं लेकिन दूर तक बस धूप ही धूप थी। मखंचू की पत्नी ने कहा—"लाओ दीदी, बच्चे को मैं ले चलूँ कुछ दूर तक।" लेकिन बच्चे ने आने से इनकार कर दिया। पेट भरा होता तो शायद बच्चा दूसरे के पास चला भी जाता लेकिन भूखा-प्यासा बच्चा माँ के पास से कहीं और जा ही नहीं सकता। बीच-बीच में अगर कहीं एक-दो पेड़ दिखते उनकी छाँव में रुकने वाले पच्चीसों लोग इकट्ठे हो जाते। सड़क से गुजरते इक्का-दुक्का वाहन अगर रुकते तो कुछ ही दूरी तक ले जाने के हजारों रुपये माँगते।

बम्बई से निकले दूसरा दिन था...सब एक बाग में बैठे आराम कर रहे थे...किसी ने मोबाइल में देखा कि कई लोग ट्रेन

की पटरी पर सोये थे और ट्रेन के नीचे आ गए। एक सन्नाटा पसर गया। सबने अपनों की तरफ देखा। एक बुजुर्ग ने कहा—“अच्छा ही हुआ सोते में मर गए, जिन्दा रहते तो भूख-प्यास से मरते।” मखंचू की पत्नी ने धीरे से कहा—“पहिले हमार घर पड़ी, हमके वहीं पहुँचाय दीहा...माई-बाऊ के बहुत याद आवत बा...!” मखंचू ने हामी भरी। पत्नी ने अपनी चप्पलें निकालकर सामने नहर में धोईं और बैग में रख दिया, मखंचू की सवालिया निगाहों को देखकर बोली—“माई कहले रहल कि जब बम्बई से आए बिटिया त हमरे खातिर चप्पल लेहले आए, अब करोना में बजार बन्द रहल...चप्पल ना ले पउली...आपन वाला ही दे देब।” मखंचू तड़प गया। वहीं पास ही किसी के मोबाइल में सेनापति की आवाज सुनाई दे रही थी—“हम सब योद्धा हैं, जल्द ही हम यह युद्ध जीत लेंगें।” यह सुनते ही एक बुजुर्ग ने चिल्लाकर कहा—“बन्द कर ### वाले।” काफिला फिर चलने लगा।

पैदल चलकर आ रहे परदेसियों में से किसी की आँखों में आँसू नहीं थे, सबके आँसू भाप बनकर उड़ चुके थे। अब

राह चलते सबकी आँखें अपनी-अपनी जड़ों के सपने देख रही थीं। बहुत से लोग मदद भी कर रहे थे, कई जगह खाने-पीने के इन्तजाम मिले, कहीं आराम करने की भी व्यवस्था थी। लेकिन रुककर आराम करते समय भी दिमाग चलता रहता मीलों तक, बाद में शरीर बस चलने का व्यवहार करता। मखंचू को अभी भी लगता था कि गाँव उसके लिए बदला थोड़ी न होगा, जाते ही दोनों भउजी से चुहल करेगा, बड़की भउजी के हाथ की बखीर खाएगा। और गाँववालों को, अपनी पत्नी को दिखा देगा कि उसके भाई-भौजाई ऐसे नहीं हैं, जैसा लोगों ने समझ रखा है। कोरोना के मामले देखकर तो यही लगने लगा था कि अब कुछ दिनों तक गाँव में ही रहना होगा...तो क्या हुआ वो खेतीबाड़ी में हाथ बँटाएगा, घर के काम कर आएगा, सबके साथ मिल-जुलकर रहेगा। चलते-चलते बैग कभी पत्नी पकड़ लेती, कभी मखंचू। मेहरारू ने धीरे से कहा—"माई कहति रहल कि जब बम्बई से आया त दुई से तीन होके आया...सोहर गावल जाई।" इस बात से मखंचू चिढ़ गया, बोला—"जवन आफत आइल बा उप्पर, अगर अइसने में कउनो लइका रहत साथे त वोहू के दुरदसा हो जात...जान बच जाई त सोहर गावै के बहुत मौका आई।" दोनों के बीच एक सन्नाटा चलने लगा। देर तक चलते रहने के बाद रास्ते में एक जगह बहुत भीड़ दिखी, काफिला वहीं रुक गया। पता चला कि उनकी तरह ही एक परिवार पैदल निकल पड़ा था, इकलौता बेटा पैदल चलते-चलते पस्त हो गया था... बिना खाये-पीये...गर्मी से बेहाल होकर बच्चे ने दम तोड़ दिया था...और वहाँ पड़ोस के गाँव की मदद से बच्चे को दफनाया जा रहा था। उसके माँ-बाप की चीखें आसमान को बेध रही थीं। कोरोना भूख के सामने छोटा पड़ गया था! देर शाम तक सब वहीं रुके रहे और जब धीरे-धीरे एक-एक करके सब जाने लगे तो मखंचू ने उदास बैठी पत्नी को इशारे से दिखाया कि दफनाए गए

बच्चे के पास बैठी उसकी माँ बैग से उसके खिलौने निकालकर रख रही थी। पक्षी अपने-अपने घोंसलों में आ तो रहे थे लेकिन डरे-सहमे उनके बच्चे आज चुप थे...एकदम चुप!

इस तरह से कभी ट्रकों पर बैठकर कभी सामान ढोनेवाली मेटाडोर पर बैठकर जिन्दगी के थपेड़े सहता, भूखा-प्यासा थका-हारा मखंचू दसवें दिन अपनी ससुराल पहुँचा। पूरे रास्ते जिन्दगी के जितने रंग उसने देखे थे वो दिमाग में जम गए थे। दो दिन ससुराल में आराम किया और फिर पत्नी को वहीं छोड़कर अकेले गाँव की तरफ गया। उसके जाने से पहले पत्नी ने एक अल्टीमेटम भी दिया—"जल्दी से आपन बखरा ले लीहा नहीं तौ हम अइबो ना करब।"

गाँव पहुँचने पर मखंचू के ऊपर कई वज्रपात हुए। जमीन का एक टुकड़ा भी ऐसा नहीं था जिसको वो अपना कह सके, घर का एक कोना भी ऐसा नहीं था जिस पर वो दावा कर सके... हजारों मील पैदल चलकर आने के बावजूद किसी ने भी दाना-पानी नहीं पूछा। जिस बड़ी भौजी के भाई की बीमारी में पन्द्रह हजार रुपए भेजे थे उसी भौजी ने ताने दिए—"जिनगी भर थोड़ी न करउना रही...का जरूरत रहल पैदल आवै के...केहू जमीन खाय थोड़ी ना जाई।" जिस घर में सुकून पाने के लिए वो बम्बई से पैदल चला आया, अब वही घर, वही घरवाले उसे काटने दौड़ रहे थे।

रामचरन से मिलकर मखंचू देर तक रोया, रामचरन उसे अपने घर ले गया। खाना-पीना खिलाया...अब मखंचू ज्यादातर समय उसके घर ही जाकर रहने लगा। गाँव के लोग अलग-अलग ज्ञान देते, मखंचू को समझ में नहीं आ रहा था कि क्या करे। महीनों निकल गए, मेहरारू फोन पर रोज धमकाती थी। एक दिन खीझकर मखंचू अपने दोनों भाइयों से झगड़ आया। गाँव के एक ठाकुर साहब से कुछ पैसे उधार लेकर उसने भाइयों

पर मुकदमा भी ठोंक दिया। उसके भाइयों को इसका अन्दाजा नहीं था। उनके दिमाग में था कि करोना आज नहीं कल चला ही जाएगा और जब चला जाएगा तो मखंचू भी बम्बई भाग जाएगा, मेहरबस तो है ही सो पत्नी को भी ले ही जाएगा। लेकिन यहाँ मखंचू मुकदमा लड़ने को तैयार हो गया। भाइयों के होश उड़े, गाँव के बड़े-बूढ़ों के यहाँ चक्कर कटने लगे। आखिरकार बड़े-बूढ़ों ने, कुछ रिश्तेदारों ने मिलकर सुलह कराई, भाइयों को भी यह समझ में आ गया कि अगर मर-मुकदमे के जंजाल में फँसे तो जितनी जमीन दबाए हैं, उससे होने वाली पैदावार से ज्यादा तो खर्चा लग जाएगा। सुलह कर लेने में ही भलाई है। और इस तरह से मखंचू को अपना हिस्सा मिल गया। मखंचू ने मुकदमा वापस ले लिया। लेकिन भाइयों से अब हमेशा के लिए बोलचाल बन्द हो गई।

ये सब करने में लगभग एक साल निकल गए। इस दौरान मखंचू ने गाँव के ही एक आदमी की बोलेरो चलानी शुरू कर दी। ज्यादातर समय वो रामचरन के घर पर ही रहता था, ड्राइवरी करने से जो पैसे मिलते उनसे वो रामचरन के घर पर सब्जी, तेल-मसाला खरीदकर दे जाता। पत्नी ने आने से इनकार कर दिया। एक बार मखंचू उसे लेने भी गया लेकिन बैरंग वापस आ गया। अब पेट पालने के लिए मखंचू ने अपने हिस्से की कुछ जमीन उन्हीं ठाकुर साहब को बेच दी जिनसे उधार ले रखा था। जमीन बेचकर उसने बोलेरो खरीदी और वही बोलेरो चलाकर अपना खर्चा निकालने लगा।

जीवन में थोड़ी सी स्थिरता आने पर मखंचू की नजर एक दिन नउनिया पर पड़ी, वह नउनिया के घर के चक्कर लगाने लगा। लेकिन नउनिया का मन तो जयनाथ की फकीरी में उलझा था। वो मखंचू की तरफ देखती भी नहीं थी। एक-दो बार नउनिया ने मखंचू की शिकायत भी जयनाथ से कर दी। जयनाथ ने सरेआम

मखंचू को डाँट दिया। बुरा तो बहुत लगा था उसको लेकिन रामचरन के लिहाज से वो चुप ही रहा। मखंचू जयनाथ से इसी वजह से चिढ़ता था।

कहाँ तो पुद्दन ने कथा सुनने की इच्छा इसलिए व्यक्त की थी कि कुछ टाइमपास होगा और कहाँ इस कथा से दिल बैठने लगा। लेकिन कथा के अन्त में आया नउनिया प्रसंग थोड़ा नरम लगा उन्हें, वे पूछ बैठे—"नउनिया त जयनाथ भइया के चेली बा, मखंचू के जाल में ना आई।" मखंचू चिढ़ते हुए बोला—"ना आवै जीजा! हम बहुत देखले बाटी अइसन।"

घंटे भर बाद वहाँ अरविन्द मिला। परिचय के बाद उसने पुद्दन को नमस्ते किया। मखंचू और पुद्दन को गाड़ी में ही छोड़कर वो रामचरन के साथ अस्पताल के बगल वाली गली में गया। वहाँ चाय की एक दुकान थी, जिसे एक बुढ़िया और उसकी बेटी चलाती थीं। अरविन्द और रामचरन वहाँ बैठे, अरविन्द ने किसी को फोन करके कहा—"भइया! हम लोग आ गए हैं चाय की दुकान पर, हाँ आ जाइए।"

पाँच-दस मिनट के बाद वहाँ सुबास भाई आए, मास्क के बगल से पान की लकीर ने निकलने का रास्ता बना लिया था, आते ही उन्होंने पूछा—"कब से है फीवर?" रामचरन चौंक गया, उसे लगा कि ये कोई डॉक्टर हैं। उसको चौंकता छोड़ और बिना अपने सवाल का जवाब सुने सुबास भाई अरविन्द के साथ एक तरफ गए और कुछ बातें कीं।

दो मिनट की वार्ता के बाद अरविन्द ने रामचरन को आवाज दी, जब रामचरन वहाँ पहुँचा तो सुबास भाई लड़की को चाय देने का इशारा करते हुए मड़ई में आ बैठे। अरविन्द ने बताया—"देखो भाई! सुबास भाई एक बेड दिलवा रहे हैं, लेकिन थोड़ा खर्चा लगेगा।" रामचरन ने बिना किसी आश्चर्य के कहा—"अरे कोई बात नहीं यार, बेड मिलना चाहिए बस।"

लेकिन तब भी अरविन्द ने सफाई दी—"अन्दर जिससे सेटिंग है उसको देने हैं पैसे, दस हजार अभी दे दो सुबास भइया को और पाँच कल-परसों में दे देना।" रामचरन ने तुरन्त दस हजार रुपए अरविन्द के हाथ में रख दिए। सुबास भाई की नजर इसी दृश्य पर थी, वहीं से बोले—"गाड़ी घुमवा लो, अस्पताल के पीछे वाले गेट की तरफ।" देश के हर हॉस्पिटल की तरह 'लाइफ क्योर' के बाहर भी साँसों के खरीदार कतार में खड़े थे, किसी के ठीक होकर या मरकर बाहर आने पर ही दूसरे के अन्दर जाने की सम्भावना बनती। जो अन्दर थे उनके परिजन बाहर रुपये-ऑक्सीजन-दवाइयों के इन्तजाम में लगे थे। ऐसे माहौल में पुद्दन को अस्पताल के पीछे वाले गुप्तगेट से अन्दर लाया गया।

पुद्दन भर्ती हो गए। पहले तो ताबड़तोड़ कई जाँचें हुईं। वे कुछ समझ नहीं पा रहे थे। बेचारे बेड पर लिटा दिए गए थे। कभी कोई नर्स आकर कहीं भी सूई चोंक जाती, कभी कोई। जितनी सूइयाँ पुद्दन को बचपन से अब तक नहीं लगी थीं उससे ज्यादा एक घंटे में लग गईं। लेकिन उन्हीं सूइयों के बल पर पुद्दन को लगने लगा कि अब शायद जान बच जाय।

घर पर सुमन और अम्मा का रो-रोकर बुरा हाल था। सुमन खुद को मनहूस कह रही थी जो उसकी शादी में ये सब हो रहा था। ऐसे में बाऊजी के पास हिम्मत रखने के अलावा कोई विकल्प नहीं था। अपनी नानी और मौसी के रोने के दौरान की गई बातों को सुनकर गोलू ये समझ गया था कि उसके पापा को कुछ हो गया है। वह भी रोने लगा। बाऊजी ने मना किया था कि मीना को अभी कुछ ना बताया जाय। जयनाथ भी मन्दिर से घर पर आ गए थे। आज माड़ौ छवाना है लेकिन आज बहनोई की तबीयत बिगड़ गई। क्या होगा, कैसे होगा यह बड़ी समस्या थी।

सुबह से मीना ने मायके में दो बार कॉल किया लेकिन किसी ने नहीं उठाया, पुद्दन ने भी फोन नहीं उठाया तो उसे लगा कि आज माड़ौ का काम होगा। सब लोग व्यस्त होंगे इसीलिए कोई फोन नहीं उठा रहा है, दुपहरिया में ही फोन करना ठीक रहेगा। राधा को भी दो बार फोन कर लिया था। ब्यूटी पार्लर वाली को लेकर दुपहरिया में राधा आ गई। पार्लर वाली को डर तो बहुत लग रहा था क्योंकि पूरे गाँव को पता था कि पुद्दन की पत्नी को कोरोना है। बड़ी मुश्किल से वो तैयार हुई थी आने को, और चार सौ के बजाय पाँच सौ रुपए माँगे उसने, राधा ने हाँ कर दी। वो पहली बार आई थी तो अम्मा ने उसे पहचाना नहीं, राधा से पूछा उन्होंने—"ई केकर बिटिया बा रे रधवा?" राधा ने बताया—"अरे चाची! इनकर घर बजारे में बा।" अम्मा ने उसके हाथ में बैग देखा तो बोली—"कुछ बेचै आइल बा का?" राधा ने कहा—"भउजी बोलवले हईं।" वो दोनों अन्दर चली गईं। अम्मा बरामदे में लेटी-लेटी बड़बड़ाती रहीं।

पार्लर वाली का नाम सरिता था। उसके आते ही मीना ने उसे बैठाया, पानी पिलाया। सरिता ने पूछा—"भाभी! आपके कोरोना रहल न?" एक नकली हँसी-हँसते हुए मीना ने कहा—"नाहीं रानीमोरी! ऊ मियँवा झुट्ठै मजाक में कह देहलै त कुल ओर बात फइल गइल, सर्दी-जोखाम रहल है बस। अब ठीक बा बिलकुल।" पार्लर वाली ने चेहरा चमकाने की प्रक्रिया शुरू की। शुरुआत में ही उसने जैसे ही मीना के माथे को छुआ, माथा बहुत गरम था। वो डर गई। उसने कहा—"भाभी आपके त बोखार बा बहुत तेज?" मीना ने बड़े आराम से कहा—"अरे बहिनी एतनी गरमी पड़त बा त पूरी देह गरम बा, बोखार थोड़ी ना बा," लेकिन

सरिता ने अपना बैग उठाते हुए कहा—“ना ना। सवेरे से रह-रह के बारिश होत बा, मौसम ठंडा बा, गरमी तनिको न बा। बाप रे! राधा बहिनी तूँ त हमके भी कोरोना पकड़ाय देबू।” यह कहकर सरिता तेजी से बाहर चली गई। पीछे-पीछे राधा। मीना ने बहुत रोकना चाहा लेकिन वो दोनों भाग गईं। बरामदे में लेटी अम्मा से जाते-जाते सरिता ने कहा—“अरे अम्मा मास्क लगाय के रहा नहीं त करोनवा पकड़ लेई।” अम्मा ने पूछा—“ई का होला बेटा?” राधा ने बात सरल की—“चाची! चेहरा ढक के रहल करा।” अम्मा ने हँसते हुए कहा—“जा बहिनी।

करोनवा हमार जेठ थोड़ी ना लागैला कि परदा करीं वोकरे सामने।” राधा-सरिता चली गईं। मीना उदास होकर कमरे में बैठी रही।

डॉक्टर ने पुद्दन को ऑक्सीजन लगा दिया था और बाहर आकर बताया कि रैपिड टेस्ट में कोरोना की रिपोर्ट पॉजिटिव आई है। ऑक्सीजन लेवल गिर रहा था इसीलिए साँस की प्रॉब्लम हो रही थी। रामचरन की आँखों में आँसू आ गए। उसको महसूस हुआ कि कितने सारे काम बाकी हैं, अब जीजा की तबीयत खराब हो गई, कैसे होगा सब। मखंचू ने उसे समझाया कि भगवान जो करेगा, ठीक ही करेगा। तभी जयनाथ ने रामचरन को हालचाल जानने के लिए फोन किया, रामचरन भड़क गया—“भइया तूँ मन्दिर पर रहिके जवन पाप करैला न वोही के नतीजा बा ई सब, बहुत बड़का पुजारी बनैला तूँ। अरे तोहके इहै कुल करै के बा त कउनो खेत-खेतारी में करता, मन्दिर के बगले वाली कोठरी

में ही तोहके करै के रहाला कुल पाप?" जयनाथ भी गुस्से में अंट-शंट बकने लगे। दोनों भाइयों में फोन पर ही झगड़ा हो गया। जयनाथ से फोन लेकर बाऊजी ने रामचरन से बात की। रामचरन ने बताया—"जीजा के कोरोना हो गयल बा। ऑक्सीजन लगल बा। अभी त हालत खराब बा। देखा आगे का होई।" रामचरन ने बाऊजी से पूछा—"आज माड़ौ के साइत बा न, का भयल बाँस कटल?" बाऊजी बोले—"हम पंडित जी से बात कइनी है, ऊ कहनै हैं कि बिहान भी सवेरे माड़ौ गड़ सकैला। साँझ के मटमँगरा हो जाई।" रामचरन ने पूछा—"मीना दीदी के फोन आयल रहल दुइ बार जीजा के मोबाइल पर, हम त ना उठवली। वोनके बतावै के ही पड़ी अउर कउनो रास्ता ना बा।" बाऊजी ने कहा—"ठीक बा, बताय दा।"

रामचरन ने पुद्दन के मोबाइल से ही फोन करके मीना को सारी बात बता दी। अब तक कोरोना को कुछ ना समझने वाली मीना के पाँव के नीचे से जमीन सरक गई। बात करते-करते ही वो चिल्लाकर रोने लगी। उसका रुदन परम्परागत रुदन से हटकर लगा तो बरामदे में लेटी सासू माँ को घबराहट हुई। वे भागकर अन्दर गईं। उन्होंने पूरी बात सुनी और वे भी चिल्लाकर रोने लगीं। पास-पड़ोस तक आवाज पहुँची तो सब जुटने लगे। अम्मा ने बाहर आकर बताया—"हमरे पुद्दन के करउना हो गयल, अस्पताल में भरती हउवैं।" कोरोना का नाम सुनते ही लोग वहाँ से हटने लगे। सास-बहू देर तक रोती रहीं।

मीना को जिद सवार थी कि उसे जाना है अस्पताल पुद्दन को देखने। रामचरन ने सख्ती से मना किया क्योंकि मीना को खुद कोविड है। रामचरन ने समझाया—"दीदी, अगर चाहत हऊ कि कउनो अनर्थ न होय त मत आवा। वइसे भी अस्पताल में मिलै न दीहैं सब केहू के। हम खुदै न मिल पवले बाटी। हाँ, एतना कोशिश में हई कि जीजा कै मोबाइल वोनके पास

भेज देब, तब तूँ बात क लीहा। दीदी हिम्मत करा। इहाँ आ के परेसान होबू खाली, सबकर परेसानी बढ़ि जाई।" रामचरन के समझाने का असर हुआ। मीना अब शान्त हो गई। रह-रहकर रो पड़ती थी। वो स्वयं को इसका जिम्मेदार मान रही थी कि क्यों उसने पुद्दन को वहाँ भेजा और जब पुद्दन उसके पास रात को आए तो उसने क्यों नहीं रोका। पुद्दन की अम्मा बहुत परेशान थीं। पाँच औलादों में यही इकलौता बेटा है, वो भी अस्पताल में है। उन्होंने तुरन्त कई सारे देवी-देवताओं से बेटे को ठीक करने की मन्नत माँग डाली। अचानक उनके दिमाग में आया कि उनका पोता वहाँ कैसे होगा। अम्मा ने परिस्थिति के अनुसार अपनी वाणी में नरमी बैठाई और बहुत ही प्यार से उन्होंने मीना से कहा—"गोलुआ से बात करा। ऊ बहुत परेसान होई।" अब मीना को गोलू की सुध आई। उसने सुमन को फोन किया। दोनों बहनें देर तक रोती रहीं।

रामचरन से झाड़ पड़ने के बाद जयनाथ बाबा अन्तर्मुखी हो गए। बुखार उनको भी चढ़ रहा था, बदन उनका भी टूट रहा था, डर उनको भी लग रहा था लेकिन अब उन्होंने तय कर लिया कि सारा काम सँभालेंगे और उफ तक नहीं करेंगे, अगर उनके द्वारा पाप हुआ है तो प्रायश्चित्त भी वही करेंगे । पंडित जी के यह बताने के बाद कि माड़ौ कल भी गड़ सकता है, शाम होने के बाद जयनाथ गाँव के तीन-चार लोगों के साथ बाँस काटने गए। ना जाने कौन सी ऊर्जा थी जिसके सहारे वे चल रहे थे। घर पे सुमन खुद को कोसते हुए रोये जा रही थी। अम्मा उसे सँभालने में लगी थीं। ऐसे में फुआ ही थीं जो कोरोना-फोरोना का लोड नहीं ले रही थीं। उनको लग रहा था कि हर रस्म प्रॉपर तरीके से निभाई जानी चाहिए नहीं तो भगवान और नाराज हो जाएँगे। इसलिए जब जयनाथ बाँस काटने के लिए जा रहे थे तो फुआ ने अकेले ही गाना शुरू कर दिया था—

बँसवा कटावै चलैं राजा दसरथ
अँगुरी में गड़िगै खपीच हो...

इधर जयनाथ के कलेजे में खपीच गाड़ दी थी रामचरन ने। वे बेचारे तिलमिला के रह गए थे। बिना रुके, बिना देखे बाँस काटते ही जा रहे थे। उधर हॉस्पिटल के बाहर बैठे रामचरन को अन्दाजा नहीं था कि जयनाथ भइया दिल से लगाए बैठे हैं सारी बात। उसने अस्पताल में होने वाले खर्चे पर राय जानने के लिए जयनाथ को फोन मिलाया। मोबाइल बजने पर जयनाथ के हाथ रुके। उन्होंने फोन उठाकर कहा—"का हो! कुछ बाकी रह गयल हौ का कहै के, जल्दी कहा। नहीं त हमके बाँस काटै दा।" रामचरन ने चुपके से फोन काट दिया और बगल में बैठे अपने दोस्त मखंचू से कहा—"यार, भइया त बुरा मान गइनै।" मखंचू बोला—"छोड़ न यार भइया के...बुरा मान के का उखाड़ लीहैं, सही बात केहू से ना बरदास होले भाय। ई बताव हउ जवन अरविन्द भाई हउवैं वोनसे कहि के एक मरीज अउर भरती करा देबे का?" रामचरन ने आश्चर्य से पूछा—"अब के मरीज बा?" मखंचू ने खीसें निपोरते हुए कहा—"अरे यार, गेटवा पर एक ठे बहुत टाप के लइकी बा, वोकरे बाप के कराय दे भरती। यही बहाने नम्बर-वम्बर मिल जाई लइकिया कै।" रामचरन ने डाँटकर चुप करा दिया—"साले तैं बहुत आपदा में अवसर खोजत बाटे, नेता बनबे एक दिन...देखत बाटे न अस्पताल के हाल, बड़ी मुश्किल से त एक बेड मिलल है।"

रामचरन ने किसी तरह डाक्टर से निवेदन करके एक बार पुद्दन जीजा से मुलाकात की। वीडियो कॉल करके मीना और उनकी अम्मा से बात करा दी। पुद्दन डरे हुए थे और काफी धीरे-धीरे बोल रहे थे। जब स्क्रीन पर अम्मा दिखीं तो बेचारे रुआँसे हो गए। किसी तरह से खुद पर नियंत्रण पाया उन्होंने। रामचरन

ने उनका मोबाइल उन्हें दे दिया और कहा कि वो अस्पताल के पास ही एक कमरा लेकर रुकेगा। कोई जरूरत होगी तो फोन करें। रामचरन ने मखंचू को वापस भेज दिया और ये कहा—"देख भाय! गाड़ी के जरूरत पड़ी घरे। अब दु-चार दिन तोहके सम्हारै के पड़ी कुल।" मखंचू बोला—"हम समझत बाटी मरदे, टेंसन ना ले। सब हो जाई।"

अगली सुबह सुमन के ब्याह के लिए माड़ौ बनाया जा रहा था। सुमन उदास थी। कई हमजोलियों की शादी में उसने देखा था कितनी रौनक रहा करती थी। माड़ौ छवाने के टाइम गीत होता था। वो खुद अपनी अम्मा के साथ कई बार पड़ोसियों के यहाँ गाने जाती थी :

नवही बँसवा के मँड़वा गड़ाइल
कुसवा के छत्र छवाई रे...
ताही तरे बइठैने सजिके कवन दुलहा
बाबा के आँगन ब्याह रे...!

सुमनी का कलेजा निकला जा रहा था यह सोच-सोचकर कि जब से उसका ब्याह तय हुआ है वो हर गीत में मन ही मन 'कवन दुलहा' की जगह अपने होने वाले पति का नाम जोड़कर 'सन्तोष दुलहा' कहकर कितनी बार खुद में ही शरमाई है। लेकिन ये कैसी बीमारी आई है कि दुआर पर माड़ौ बन रहा है। लेकिन उसके जीजा इस बीमारी से अस्पताल में जूझ रहे हैं, मीना दीदी इसी बीमारी की वजह से नहीं आ पाईं, बड़के भइया हैं लेकिन कल से वो भी उदास हैं, परेशान हैं, बाऊजी हैं और गाँव के कई सारे लोग हैं।

गाँव की यह विशेषता होती है कि किसी का छप्पर हो या किसी की बेटी का मंडप हो सब मिलकर उठाते हैं। हालाँकि कोरोना का डर सबको था लेकिन तब भी गाँव के

हर घर से कोई न कोई आया था। हाँ, औरतें नहीं आईं लेकिन मर्द लोग मुँह पर गमछा बाँधकर आए थे। मखंचू सुबह से काम करवा रहा है। बाकी पंडित जी दूर बैठे मंतर पढ़ रहे हैं। अम्मा और उषा फुआ धीरे-धीरे गा रही हैं—

बेरिया के बेरिया मैं बरजहु बाबा
झँझरा मड़उवा मत छाव रे
झँझरा मड़उवा सुरुज करे जोतिया
गोरा बदन कुम्हलाय रे...

सुमन के मन में कई बातें चल रही थीं। नउनिया भी नहीं आई। जयनाथ भइया कहते थे कि हफ्ते भर पहले से वो यहीं रहेगी। सारा काम-काज करेगी, लेकिन सुना है कि उसकी भी तबीयत खराब है। नउनिया होती तो बाऊजी के, जयनाथ भइया के, गाँव वालों के कपड़े पर हल्दी लगाती इस मौके पर लेकिन वो तो खुद इस वक्त घर पर हल्दी का काढ़ा पी रही होगी। ऐसे थोड़ी ना होता है ब्याह। सुमन यही सब सोचकर रो पड़ी। रोते-रोते उसने मीना दीदी को वीडियो कॉल किया। मीना भी वहाँ बैठी रो रही थी। सुमन ने वीडियो कॉल पर दिखाया कि माड़ौ गड़ रहा है लेकिन घरै के लोग नहीं हैं। नउनिया की जगह बेचारा गोलुआ सबको हल्दी लगा रहा है। तभी गोलू ने स्क्रीन पर आकर मम्मी को याद दिलाया—"हमरे खातिर सिंघम वाली टीसैट याद से ले आया मम्मी।" यह सुनकर मीना को और रोना आ गया।

फोन अम्मा और फुआ के सामने लाया गया। दोनों गा रही थीं। मीना ने हाथ जोड़कर उनके सुर में सुर मिलाया। एक लाइन गाते-गाते मीना का गला भर आया, उसकी काँपती आवाज सुनकर इधर अम्मा और सुमन रो पड़ीं। जयनाथ घबराए कि क्या हुआ तो विवाह के लिए पंचांग में से शुभ दिन बताने वाले पंडित जी

दूर से बोले—"आपन काम करा जयनाथ! ई सब मेहरारुन के नाटक बा।" सब चुप हो गए। उषा फुआ का स्वर अब साफ सुनाई दे रहा था—

अँगुरी बेदनिया मरैं राजा दसरथ...
कैकेयी के लेनैं बोलाय हो...!

अम्मा-बाऊजी भी बहुत खुश नहीं थे। उनको भी लग रहा था कि क्या-क्या सोचा था आखिरी लड़की की शादी में करने को। लेकिन यह करोना ऐसा आया कि लग ही नहीं रहा है कि इस घर में तीन दिन बाद बरात आने वाली है। जैसे-तैसे माड़ौ वाला काम हो गया।

यह काम निपटने के बाद बाऊजी ने जयनाथ को अपने पास बैठाया और बोले—"देखा बेटा! ब्याह त होत बा लेकिन लगत ना बा कि ई ब्याह के घर बा। तोहार एक बहिन ना आय पवले बा अभी तक, यह घर के बड़ा दमाद बेचारा अस्पताल में भरती हौ।" जयनाथ के चेहरे पर चिढ़ का भाव आया, मानो वह यह दिखाना चाह रहा था कि बाऊजी जो आप बता रहे हैं वो मुझे पता है, उसने बात काटते हुए कहा—"बाऊजी! अब जइसन समय चलत बा वही हिसाब से करै के पड़ी न कुल। हमके भी बुरा लागत हौ कि हमार पूरा परिवार ब्याहे में ना सामिल हो पावत बा लेकिन अउर का रास्ता बा। अब हम का करीं बतावा?" बाऊजी ने भावुक होते हुए कहा—"ए बेटा! हमार एक बात मान ला, मिनवा बहुत रोवत बा। वोके कउनो जुगाड़ से मँगवाय ला। छत पर जवन कोठरी बा। ऊ वहाँ रह लेई। दूरे-दूरे से कुल देख लेई। वोकरे जियरा के तसल्ली मिल जाई।" यह कहते हुए बाऊजी ने हाथ जोड़ लिए तो जयनाथ ने उनका हाथ पकड़ लिया और कहा—"ठीक बा बाऊजी! हम मीना से बात करब अब्बै, ब्याहे के दिने वोके मँगवाय लेब।" बाऊजी जवाब से सन्तुष्ट दिखे।

जयनाथ यह बहुत गम्भीरता से महसूस कर रहे थे कि तबीयत उनकी भी कुछ खास ठीक नहीं है। लेकिन अब उनके ऊपर एक धुन सवार थी कि ब्याह में झोंक देना है खुद को। वो किसी से बात करना चाहते थे। लेकिन कौन है जो उन्हें समझेगा। जो थोड़ा-बहुत समझती है वो नउनिया भी नहीं आई। जबकि उसको बोल रखा था कि ब्याह के हर कार्यक्रम में उसको रहना है। अचानक जयनाथ के मन में आया कि कहीं उसको भी तो कोरोना नहीं हो गया और इस विचार से ही वे काँप गए। जयनाथ ने बाऊजी से कहा—"बाऊजी साँझ के मटमँगरा के बाद हम परिवार के सुख-शान्ति खातिर मन्दिर में दीया जराइब।" बाऊजी ने सुन लिया लेकिन कोई प्रतिक्रिया नहीं दी। जयनाथ के मन में एक डर लगातार चल रहा था कि कहीं नउनिया को भी तो कुछ नहीं हो गया और वे नउनिया के घर की तरफ चल पड़े।

जयनाथ बाबा का नउनिया के घर जाना अलग-अलग लोगों के लिए अलग-अलग प्रकार की घटना थी, मसलन नउनिया के लिए यह आश्चर्यचकित और साथ ही कृतार्थ होने वाली बात थी, जमाने के लिए यह "सवेरे-साँझ के हवन-पूजन से मन ना भरत बा बाबा कै, अब दुपहरिया मनावै घरे आय गइनै" वाली बात थी और नउनिया के निकट पड़ोसियों के लिए ये एक अवसर वाली बात थी जिससे वे जयनाथ बाबा और नउनिया के बीच हुई वार्ता का कोई सिरा पकड़कर शाम तक तिल का ताड़ कर सकें।

नउनिया सचमुच बीमार थी, लेकिन उसने जयनाथ बाबा की कमजोरी और उनके अकेलेपन को पहचान लिया और अपनी बीमारी का जिक्र करना उचित नहीं समझा। क्योंकि उसे भरोसा था कि बाबा तो उसकी बात बिना बताए समझ जाएँगे।

उसे अच्छा लगा कि बाबा उसकी कुटिया पर आए हैं। नउनिया के पड़ोसी ने बाबा को खटिया पर बैठाया। नउनिया भी बाहर आई। बाबा की चरण रज लेकर सन्तोष किया उसने। जयनाथ ने उससे पूछा—"तबीयत कइसन बा तोर?" नउनिया धीरे से बोली—"बाबा देहिया टुटत बा अउर बोखार बा।" जयनाथ चिन्तित स्वर में बोले—"दवाई लेहली? जाइ के यादव डाक्टर से दवाई लै लेवै के चाहत रहल?" नउनिया ने कुछ नहीं कहा।

तीन-चार लोग और आ गए। एक ने बाबा से समकालीन प्रश्न पूछा—"बाबा! करउना भगावे कै कउनो उपाय है का?" प्रश्न सुनते ही जयनाथ बाबा की नजर चेली से टकराई, संयत होते हुए बोले—"ध्यान से सुना सभे हमार बात। आज के जुग में धरती पर एतना अत्याचार बढ़ गइल बा न कि वही के फल बा ई करोना। आदमी एतना लालची हो गइल बा, पेड़-पौधा काट-काट के जमीन पर कब्जा करत बा सब। कुल पाप एकट्ठा हो के अब असर देखावत बा। अब देखा न, हमरे बहिन के ब्याह बा यही बुध के। सोचले रहनीं कि धूमधाम से ब्याह होई लेकिन अब देखा हमार एक बहिन खुदै न आय पावति बा, हमार बहनोई अस्पताल में भरती हउवैं, छोट भाई वहीं बा। बतावा लोगन यहू से बुरा समय का आई?" बाबा की बातों से सब भावुक हो गए। बाबा ने सबको ज्ञान दिया कि बिना मतलब के कोई इधर-उधर

न घूमे, घर में रहके पूजा-पाठ करे। नीम के पत्ते जलाकर उसके धुएँ को पूरे घर में फैला दे। सब हाथ जोड़कर हाँ-हाँ करते रहे।

अब बाबा मुद्दे पर आए...उन्होंने नउनिया से कहा—"मन्दिर पर कउनो तरह से हम दीया-बाती करत हई सुबह-शाम। देखिहे अगर बुध ले तबीयत ठीक हो जाई त घरे आय जइहै, कुछ मदद हो जाई।" नउनिया ने हाथ जोड़कर हामी भरी। बाबा उठकर जाने लगे तो नउनिया ने पूछा—"आज साँझ के मन्दिर पे आइब। एक ठे तबीज बना के दे दीहैं हमके।" जयनाथ भी तो यही चाहते थे, एक बार नउनिया से मिल के उन्हें जी भर के रोना था। परिस्थितियाँ उनके ऊपर बोझ सी जम गई थीं और ऊपर से रामचरन की कड़वी बातों से उनका मन खट्टा हो चुका था, उन्होंने कहा—"ठीक बा आय जाए आज साँझ कै त मटमँगरा बा वोकरे बाद हम आइब मन्दिर पर।"

जयनाथ बाबा हिम्मत करके बाजार भी चले गए। यादव डॉक्टर से उन्होंने अपनी शारीरिक पीड़ा कही। सब सुनने के बाद यादव ने कहा—"भइया! देखा सीधी बात बा कि ई कुल लक्षन त करोना के हौ।" जयनाथ ने हाथ जोड़कर कहा—"डागडर बाबू! ई सब न कहा मरदे, परसों ब्याह बा। रमचरना भी न बा, कुल हमहीं के करै के बा। हमके अइसन दवाई दे दा कि चार दिन त हम एकदम टनमन रहीं।" डाक्टर तक भी जयनाथ और नउनिया के हवन का धुआँ पहुँचा था, वो बोले—"जयनाथ भइया रिस्क बहुत बा। दवाई त हम दे देत बाटी, टनमन रहबा लेकिन मन्दिर पर हवन-पूजन थोड़ा बन्द करै के पड़ी पन्द्रह दिन कम से कम।" जयनाथ ने धीरे से कहा—"बस आज दीया जलाय लेई, फिर बन्द।" डाक्टर ने दवा दी और हिदायत भी—"नीम के पतई गरम करके पानी में वही से नहाया, वही कै भाप और धुआँ भी लेत रहिया।" जयनाथ वहाँ से चले और दवा की दो पुड़िया अलग करके दूसरी जेब में रख ली।

माड़ौ गड़ने के बाद सिरदर्द की वजह से सुमन अम्मा के कहने पर थोड़ी देर लेटने के लिए गई। उसका मन बहुत अशान्त था। कुछ ही देर में मटमँगरा होना है, हल्दी लगाई जाएगी लेकिन जैसे हर इच्छा बुझ गई हो। कल शाम ही उसका लहँगा फिट करके दर्जी दे गया था लेकिन उस लहँगे को अभी तक उसने पहनकर देखा ही नहीं। जैसे कोई उत्साह ही नहीं था। कुछ देर बाद उसे बाहर से अम्मा-फुआ के गाने की आवाज सुनाई दी—

परछन चली हैं अम्मा सोहागिन...
परछि लो हो बहिनी धीरे-धीरे...!

गीत सुनते ही सुमन ने बाहर निकलकर देखा तो गाँव का बढ़ई माड़ौ में लगाने के लिए सुग्गा बनाकर लाया है। सुमन ने खुद को भी किसी पिंजरे में फँसे सुग्गे जैसा महसूस किया।

शाम के वक्त पंडित जी आए। मटमँगरा की रस्म होनी थी। विवाह से दो दिन पहले मटमँगरा होता है, जिसमें गाँव के लोगों को भेली और कड़ुवा तेल बाँटा जाता है। माड़ौ में मटमँगरा की रस्म चल रही थी। पड़ोस की दो औरतें आई थीं जो दूर-दूर बैठी थीं। सुमन बैठी थी, पास में अम्मा, कुछ दूरी पर उषा फुआ किसी निर्देशक की भाँति खड़ी थीं। माड़ौ से लगभग पचीस मीटर दूर खटिया पर बाऊजी और मखंचू बैठे थे। वहीं से कुछ दूरी पर प्लास्टिक की कुर्सी पर जयनाथ बैठे थे। सब कुछ शान्त था। अचानक एक पड़ोसन को लगा कि ये गलत है तो उसने अकेले-अकेले गाना शुरू कर दिया—

बाबा मोर बोवैने लाली सरसोइया...
अम्मा पेरावैं कड़ुआ तेल...

इस गीत का असर फुआ पर हुआ और उन्होंने कोरस का काम किया—

केकरे ककहिया मैं मँगिया सँवरबो हो...
केकरे हो सेन्हुरा ब्याह...!

शान्त वातावरण एक छोटे से उत्सव में बदल गया। जयनाथ ने वहीं बैठे-बैठे मीना को वीडियो कॉल करके पूरा कार्यक्रम दिखाना शुरू किया। गोलू इस दौरान एक डंडे में फटी पन्नी फँसाए बेतहाशा दौड़ता रहा। ना जाने ओलम्पिक के किस इवेंट की प्रैक्टिस कर रहा था।

अँधेरा घिर चला था। जयनाथ उत्साह में थे कि नउनिया को ताबीज देनी है। मन प्रफुल्लित हो रहा था उनका। वो वहीं बैठे-बैठे गाने लगे—"जियरा करे धकाधक्क जलेबी लेते आना।" मखंचू तक उनके गाने की आवाज पहुँच गई। उसे समझ में आ गया कि आज जरूर मन्दिर पर ओझइती होनी होगी, इसीलिए ये मगन हैं। जयनाथ ने आवाज देकर बाऊजी से कहा—"ए बाबू! हम जात हई मन्दिर पर दीया-बाती करब, दस-वस बजे तक आइब।" यह कहकर जयनाथ तेजी से चले गए। उनके जाने के बाद मखंचू ने बाऊजी से कहा—"तीन घंटा ई दीया-बाती करिहैं, ऐसे कम टाइम में हनुमान जी पूरी लंका जराय देहले रहनैं...ई दुई ठे दीया ना जराय पइहैं।" बाऊजी प्रशासन की तरह लाचार थे।

मटमँगरा निपटने के बाद मखंचू ने रामचरन को फोन करके हालचाल लिया। रामचरन ने बताया—"जीजा से आज त मिलै देहनै सब। फोन पर बात भइल है। तबीयत कुछ ठीक बा, लेकिन आक्सीजन लगल बा। कम से कम एक हफ्ता रोकिहैं सब इहाँ।" मखंचू ने रामचरन को बताया कि—"मटमँगरा हो गयल इहाँ। तैं परेशान न होये भयवा, सब ठीक हो जाई।" रामचरन ने कहा—"हम सोचत बाटी कल सवेरे घरे आय जाईं। जीजा भी कहनैं कि जब मिलै ना देत हउवैं सब त का फायदा बहरे रुकले। जा घरे कै कामधाम देखा। अउर यार अस्पताल के बहरे

कै हाल देखि-देखि के हमहूँ बेमार पड़ि जाब।" मखंचू ने जवाब दिया—"हाँ इहो बतिया ठीकै बा, आय जइबै त ठीक रही...!" फिर मखंचू ने बताया कि जयनाथ भइया बड़ा गाते-बजाते मन्दिर पर गए हैं। रामचरन ने टिप्पणी की—"केतनो समझाय ला... लेकिन ई मरदवा ना सुधरिहैं।" रामचरन ने मखंचू से कहा कि वो अपने मित्र अरविन्द के सम्पर्क में है, उसका घर पास ही है। दो दिन जीजा को किसी चीज की जरूरत हुई तो वो दे देगा। मैं सुबह तक घर आ जाऊँगा। क्योंकि बिना उसके आए मामला सँभलेगा नहीं।

मीना के दिमाग में बार-बार यही खयाल आ रहा था कि उसकी वजह से ही आज पुद्दन अस्पताल में हैं...उस रात जब वे मुँह पर चड्डी पहनकर आए थे उसे तभी सख्ती से मना कर देना चाहिए था। उसे याद आया कि जब नजदीकियाँ बढ़ी थीं तो उन्होंने वो परदा भी हटा दिया था। मीना ने वो सब कुछ इसलिए होने दिया था क्योंकि उसे पुद्दन को अपने मायके वालों का हाथ बँटाने के लिए भेजना था। सब हुआ और इसका नतीजा सामने है। उसने गुस्से में आकर गोलुआ की वो चड्डी भी फाड़ दी। ऊपर से सासू माँ को तो ताना देने का एक बहाना और मिल गया था। जिस दिन पुद्दन के भर्ती होने की खबर आई थी बस उस दिन अम्मा ने मीना से प्यार से बातें कीं, अगले दिन से लगातार वे मीना पर दोषारोपण किए जा रही थीं कि उसकी वजह से ही ये सब हो रहा है। मीना के मन के जैसे कई सारे हिस्से हो गए थे। हर हिस्सा दूसरे हिस्से से अलग होकर सोच रहा था। एक

बड़ा हिस्सा तो चाहता था कि उसे अस्पताल में अपने मरद के पास होना चाहिए, लेकिन तभी दूसरे मन से आवाज आती कि अस्पताल में अन्दर तो कोई जाने नहीं देगा, रामचरन भी तो बाहर ही बैठा है। कोई फायदा नहीं जाने का, एक अन्य मन कहता कि ब्याह में ना जाए, लेकिन फिर आवाज आती—"छोट बहिन के ब्याह बा...काहे न जइबू...जरूर जा...फिर वहीं से अस्पताले भी चल जाया...!" मीना इन्हीं अन्तर्द्वंद्वों से जूझ रही थी आजकल।

मटमँगरा निपटने के बाद भेली खाते हुए जयनाथ बाबा मन्दिर पर पहुँचे तो नउनिया चबूतरे पर बैठी उनका इन्तजार कर रही थी। जयनाथ ने अपनी कोठरी खोली और भीतर चले गए। थोड़ी देर दाएँ-बाएँ देखने के बाद नउनिया भी अन्दर चली गई। अन्दर जयनाथ फर्श पर बिछे बिस्तर पर लेटे कराह रहे थे...नउनिया घबरा गई—"का भयल महराज आपके?" अब कोरोना की आशंकाओं के बीच किसी ने पहली बार हाल पूछा तो जयनाथ का गला भर आया, लड़खड़ाते स्वर में बोले—"हम बहुत पापी मनई बाटी...हमरे पाप के वजह से कुल काम गड़बड़ हो जाए चाहत बा।" नउनिया ने बगल में बैठकर उनका सिर दबाना शुरू किया और माथा छूते ही चिन्ता के साथ बोली—"आपके त बहुत तेज बोखार ह महराज?" जयनाथ ने धीरे से कहा—"बोखार कल से ही बा...लेकिन हम केसे कहै जाईं।" नउनिया उनके माथे पर झुकती चली गई—"हम हई न आपके सेवक, हमसे कहैं। अउर जल्दी से ठीक हो के हमके तबीज दें...अपने खातिर भी तबीज बनाय

लीहैं।" जयनाथ ने सोचा था कि अब वे नउनिया के इतने नजदीक नहीं जाएँगे...बस यादव डाक्टर की दी हुई दवाओं में से दो पुड़िया उसे दे देंगे। लेकिन इतनी सारी कमजोरियों के बीच वो सहारा दे रही थी कि जयनाथ बाबा फिर फिसल गए और दोनों एक-दूसरे में डूबने-उभरने लगे।

बाहर पोखरे के पास सीढ़ियों पर बैठकर तीन लोग दारू पी रहे थे...एक ने उस पार आम के पेड़ की तरफ इशारा करते हुए कहा—"बहुत लोग मरत हउवैं यार करोना से?" दूसरा बोला—"मरै दे यार...तैं काहे परेशान होत बाटे?" तीसरा बोला—"मन्दिरवो में कभी दीया-बाती होत ना देखनी हम।" पहले ने धीरे से कहा—"मन्दिर के बगल वाली कोठरी में बहुत उजियार रहाला।" फिर तीनों हँसने लगे। गाँव में अगर किसी धार्मिक स्थल का संरक्षक कोई अनर्गल काम भी करता है तब भी लोगों की आस्था उस पर बनी रहती है, लोग आपस में भले ही उसके बारे में कानाफूसी कर लें लेकिन सामने बहुत सम्मान करते हैं क्योंकि कहीं न कहीं उनको ये लगता है कि ये विशेष हैं। बाकी वो जो कर रहे हैं, वो तो सभी लोग करते हैं।

जयनाथ बाबा ने नउनिया के कहने पर दो तावीज बनाईं। एक अपने लिए, एक उसके लिए और दवाई देते हुए बोले—"अब्बै घरे जाय के एक खोराक खाय लीहै, एक खोराक बिहान।" नउनिया ने दोनों पुड़िया परसाद की तरह माथे से छुआकर ले ली। जयनाथ ने उसे नीम के पत्तों का वही उपयोग करने की सलाह दी, जो उन्हें डाक्टर ने बताया था। लेकिन नउनिया के मन में अभी भी कहीं न कहीं ये बात थी कि वो ठीक तो तावीज से ही होगी। बाबा पर बड़ी आस्था थी उसकी। आखिर उन्होंने उसकी मिरगी जो ठीक की थी। नउनिया जब बाबा के पहलू से उठकर जाने लगी तो बाबा ने विनीत स्वर में कहा—"तबीयत ठीक हो जाई त ब्याहे के दिने रहे हमरे घरैं,

थोड़ा मदद हो जाई।" नउनिया ने चलते हुए कहा—"तबीयत ठीक काहे न होई। आपकै आसिरबाद मिल गयल हौ। हम परसों सवेरे आय जाब, अब हम जाईं?" जयनाथ कहना तो चाहते थे कि जी अभी भरा नहीं लेकिन अपने बहनोई का हाल उन्हें पता था, बोले—"ठीक बा जो, अब हमहूँ जाब घरे, तीन दिन अब घरैं रहब।" जाते-जाते नउनिया ने हाथ जोड़ लिए।

मंगलवार की सुबह हॉस्पिटल वालों से बहुत निवेदन करके रामचरन ने जीजा पुद्दन से मुलाकात की। मुलाकात मतलब थोड़ी दूरी पर खड़े होकर बात की। डॉक्टर ने बताया कि पुद्दन की हालत में तेजी से सुधार हो रहा है। रामचरन ने पुद्दन को अरविन्द का नम्बर दिया और दो दिन की मोहलत लेकर घर जाने की आज्ञा माँगी। पुद्दन तो पहले से ही कह रहे थे कि उसे घर जाना चाहिए, वहाँ उसकी ज्यादा जरूरत है। पुद्दन भी अब ठीक महसूस कर रहे थे, बोले—"का कहीं मरदे रामचरन! सोचले रहनीं कि सुमन के ब्याहे में थोड़ा सहयोग करब लेकिन हम खुदै बोझ बन गइनीं तोहरे लोगन खातिर।" रामचरन ने गुस्सा दिखाते हुए कहा—"अरे जीजा! कइसन बात करत हउवा। परिवार कै लोग ही त काम आवैनैं सुख-दुख में।" पुद्दन को ढाढ़स बँधाकर रामचरन हॉस्पिटल से नौशादपुर के लिए रवाना हो गया।

रामचरन ने दो दिनों तक अस्पताल के बाहर बैठकर जो हालात देखे थे, उससे अन्दाजा हो गया था कि ये कोई ऐसी-वैसी बीमारी नहीं है। इलाज के अभाव में मरते लोगों की संख्या बहुत थी लेकिन अभी भी लोग इसे भगवान की मरजी मानकर चल रहे थे, अभी भी सार्वजनिक कार्यक्रमों में लोगों की भीड़ थी। ग्रामीण और पिछड़े क्षेत्रों में तो मास्क लगाने वाले का ही मजाक उड़ाते हैं लोग—"हेनके देखा! बहुत विलायती बनत हउवैं।" जो थोड़े पढ़े-लिखे थे वे अपनी सारी ऊर्जा इस बहस में लगाते थे—"चइनवा साला बहुत हरामी देस बा। उहै कुल करत बा।" बचाव के लिए

कोशिश कोई नहीं कर रहा था। रामचरन को इस बात की फिक्र थी कि शादी में जो भीड़ होने वाली है उसे कैसे कम किया जाय। उसने सोचा कि घर जाकर एक बार भइया और बाऊजी से बात करके फिर लड़के के घरवालों से बात की जाएगी।

सुमन अपराधबोध से ग्रस्त हो गई थी। उसे लग रहा था कि उसके जीजा उसकी शादी में शामिल होने आए और अस्पताल में भर्ती हो गए। सुमन ने सोचा कि उसका फर्ज बनता है कि कॉल करके जीजा का हालचाल ले ले। उसने पुद्दन का नम्बर मिलाया। संयोग से कुछ देर के लिए पुद्दन का ऑक्सीजन हटाया था डॉक्टर ने। पुद्दन ने देखा सुमन की कॉल है तो सोचा कि जीजा-साली संवाद शैली में सुमन से बात की जाय ताकि उसे ये लगे कि तबीयत ठीक हो रही है। उन्होंने फोन उठाया—"का हो सुमन का हाल बा?" सुमन बोली—"आपन बतावा जीजा, तबीयत कइसन बा?" पुद्दन ने कहा—"तोहार आवाज सुनिके तबियत हरियर हो गइल...!" सुमन ने कहा—"का जीजा! अस्पतलवो से मजाक करत बाटा!" पुद्दन बोले—"अस्पतलवा में रहिके हमार-तोहार रिश्ता बदल थोड़ी ना जाई। आधी घरवाली हमेसा रहबू हमार।" सुमन शरमा गई, पुद्दन बोले—"बिहान त ब्याह बा तोहार... दुसरे कै हो जइबू...चला अच्छा बा कि हम देखै खातिर उहाँ ना रहब...नाहीं त कइसे देख पाइत तोहके दुसरे कै हाथ पकड़त..."

सुमन शरमाई ही चली जा रही थी, बोली—"ठीक हो के आय जा न जीजा जल्दी से।" पुद्दन बोले—"अब कइसे आईं भाय...डाक्टर कहत हउवैं एक हफ्ता रहै के पड़ी।" फिर पुद्दन को शरारत सूझी, बोले—"एक बात पता बा सुमन! हमके कोरोना कइसे पकड़लै?" सुमन ने पूछा—"कइसे?" पुद्दन बोले—"तोहार दीदी जिदिआय गइल रहनीं...कहनीं हम अलगे ना सुतब...अब मजबूरी में हमके सुतै के पड़ल वोनके साथे... वही में साला खेला हो गयल...अब देखा नतीजा..." सुमन

ने नाराजगी दिखाई—“जीजा! ई कउनो समझदारी के बात ना भइल। कंट्रोल करै के चाहत रहल न आपके?” पुद्दन बोले—“अब जात त बाटू ससुराल...पूछब केतना कंट्रोल करत बाटू।” सुमन शरमा गई। पुद्दन ने कहा—“ब्याह होई त रामचरन से कह दीहा हमके वीडियो कॉल क के देखाय दीहैं...गोलुआ ठीक बा न?” सुमन ने बताया कि गोलू ने कल माड़ौ गाड़ते समय सबको हल्दी लगाई थी। पुद्दन अब थोड़े गम्भीर होते हुए बोले—“मीना बेचारी केतना दिन से तोहरे ब्याहे में आवै के कहत रहल...देखा उहो न आय पावत बा...केतना बुरा टाइम चलत हौ...” सुमन ने सूचना दी—“ना जीजा! बाऊजी भइया से कहनैं हैं...दीदी आई बिहान...दीदी के त अब चार दिन से बोखार न बा।” पुद्दन ने फिर मजाक किया—“कुल बोखरवा त हम खिंच लेहली न।” जीजा-साली ने हँसते-हँसते बातचीत को विराम दिया।

पुद्दन को कोरोना के अलावा एक और विकराल दुख था। ससुराल का सुख तो मिल नहीं पाया ऊपर से बगल वाले बेड पर एक लड़का था जिसकी नई-नई शादी हुई थी। ब्याह के बाद उसको कोविड पकड़ लिया था। वो दिन-रात वीडियो कॉल करके अपनी मेहरारू से अन्तरंग बातें करता रहता था। उसकी श्रृंगार रस में डूबी बातें पुद्दन को जला रही थीं। बगल वाले लड़के को लग रहा था कि सब सोये हैं या जो जाग रहे हैं वे वैसे ही कोरोना से डरे हुए हैं तो उसकी बात पर ध्यान कोई नहीं देगा। तो उसने बेलौस होकर वीडियो कॉल पर अपनी बीवी से बात करना शुरू की। लड़के की बातें सुनकर पुद्दन के अन्दर भी इच्छाएँ हिलोरें मारना शुरू कर देतीं। लेकिन बेचारे कर भी क्या सकते थे। उधर वो साला जारी था—“रुका न यार देख लेवे दा एक मिनट। अच्छा एक बात अउर बोलीं। मना ना न करबू?” इधर पुद्दन दोनों

मुट्ठियाँ भींचे उसके निवेदन को सुनने के लिए व्याकुल हो गए, लेकिन उधर से आवाज आ रही थी—"अरे ना...बाकी रात में।" यह कहकर उसने फोन काट दिया था।

लड़का छटपटा के रह गया, पुद्दन भी शिथिल हो गए। सोचने लगे कि ये साला कोरोना का मरीज होने के बावजूद इतना मगन कैसे रहता है। फिर उन्हें याद आया कि इसका बेड रोज कैसे बदल दिया जाता है, इसके बेड पर कोई और मरीज आ जाता है, ये दूसरे बेड पर चला जाता है। दिन भर मोबाइल पे लगा रहता है ससुरा। क्या मामला है, उन्हें समझ में नहीं आया। वे मन ही मन प्रार्थना करने लगे कि आज रात में इस साले का बेड ना बदले क्योंकि वो रात को पत्नी से इससे आगे की वार्ता करने वाला था। पुद्दन सोचने लगे कि बाकी मरीजों को मोबाइल चोरी-चोरी प्रयोग करना पड़ रहा है और एक ये है इसे कोई नर्स या डॉक्टर कुछ भी नहीं बोलता। एकाध बार कोई आके इसका बुखार नाप जाता है नहीं तो दिन भर ये ऐसे ही पड़ा रहता है। रोज बेड बदलने की गुत्थी उनसे सुलझ नहीं पा रही थी। पुद्दन ने सोचा कि इसका कोरोना बाकियों के कोरोना से अलग थोड़ी ना होगा।

उस लड़के की रसभरी बातें सुनने के बाद से पुद्दन के अन्दर जैसे लहरें उठ रही थीं। पुद्दन ने सोचा लगे हाथ अपनी दिलवर जानी से बात कर ही लें...उन्होंने फोन मिलाया, मीना ने उठाया। पुद्दन बोले—"का हो दिलवर जानी! का हाल बा?" मीना को उनकी आवाज में खनक सुनकर थोड़ी तसल्ली मिली, बोली—"तोहार का हाल बा? तोहके देखै के मन करत बा।" पुद्दन ने अपना हाल बताया और बोले कि डाक्टर कह रहा है कुल एक हफ्ते तो रुकना ही होगा अस्पताल में। उन्होंने मीना को यह भी बताया कि सुमन की कॉल आई थी। वो बता रही थी कि बाऊजी कल तुमको लेने के लिए गाड़ी भेजेंगे। मीना ने

कहा—"सही बताईं त अब हमार मन बिलकुल न बा ब्याहे में जाए के। एतना कुल भइले के बाद जाब त अम्मा त हमके अउरो ताना मरिहैं।" पुद्दन ने समझाया—"देखा, अम्मा त जिन्दगी भर ताना मरिहैं लेकिन बहिन के ब्याह रोज थोड़ी न होई। तूँ गइले क तैयारी करा। अम्मा के बताय दा कि सवेरे जाब हम। वोनके खातिर दुइ दिन के खाना बनाय के आया, बाकी ऊ त कुछ न कुछ बोलबै करिहैं, एक कान से सुनिहा, दुसरके काने निकार दीहा।"

मीना बोली—"अब अइसहीं हम जाईं खउरही की तरह ब्याहे में। परलरवा वाली आइल त बुजरी बिना कुछ कइलही डेराय के भाग गइल। आग लगै इ कोरोना में।" तभी वहाँ पुद्दन की अम्मा आ गईं। मीना ने पुद्दन से कहा—"ला अम्मा से बतिआय ला।" पुद्दन ने अपनी माई को अपने स्वास्थ्य की सूचना दी और बातों ही बातों में बताया कि कल कोई गाड़ी आएगी। मीना ब्याह में शामिल हो जाएगी फिर परसों गोलू को लेकर वापस आ जाएगी। अम्मा ने सब सुनने के बाद ताने वाली टोन में कहा—"हाँ हाँ भाई! जहहीं के चाही, बहिन के ब्याह बा।"

मीना जानती थी कि ये वाक्य जितनी सरलता से बोला गया है उतना ही जहर बुझा इसका अर्थ है।

गाँव का अपना समाजशास्त्र होता है और उस समाजशास्त्र के हर पन्ने को मानने वाला लगभग हर गाँववाला होता है। कोई संकट हो एक-दूसरे के साथ लोग खड़े रहते हैं। यहाँ तक कि कई परिवारों में पुश्तैनी विवाद होता है किसी बात पर और एक-दूसरे के घर वे कुछ भी नहीं खाते-पीते लेकिन फिर भी शादी-विवाह

जैसे मौके पर उपस्थित रहेंगे। काम कराएँगे, हर तरह से सहयोग करेंगे लेकिन खाना नहीं खाएँगे। अजीब है यह रवैया, लेकिन है। कोरोना अपनी तरह का पहला संकट है जिसमें एक-दूसरे के साथ नहीं, एक-दूसरे से दूर खड़े होना है। लेकिन गाँववाले इतना लोड नहीं लेते। उनके इस आत्मविश्वास का आधार गाय का दूध, मंगलवार का व्रत और गरम पानी होता है। इनके सहारे वे हर संकट का सामना कर लेते हैं।

जब घर पहुँचकर रामचरन ने भइया और बाऊजी से इस सन्दर्भ में बात की कि शादी में गाँववालों को ना बुलाया जाय तो बाऊजी भड़क गए—"ई ना होई। सबकरे बिटिया-बेटवा के ब्याहे में जाय-जाय के हमरे लोगन खइले बाटी। अपने बिटिया के ब्याहे में केहू के पुछबै ना करीं, ई ना होई।" रामचरन ने उस भयावहता का वर्णन किया जो उसने अस्पताल में देखी थी। लेकिन बाऊजी नहीं माने—"जवन होई देखल जाई, लेकिन गाँववालन के बोलाइब जरूर हम।" अब बाऊजी की जिद के आगे रामचरन ने कुछ नहीं बोला और जयनाथ तो खैर मन ही मन सर पे कफन बाँध ही चुके थे। बाऊजी ने जयनाथ से पूछा—"मिनवा के बिहान ले आवै खातिर कउनो गाड़ी कइला?" जयनाथ ने धीरे से जवाब दिया—"मखंचू चलि जाई लेवै।" रामचरन की आँखों में उभरते सवाल को समझते हुए बाऊजी बोले—"अरे बेटा! बहिन के ब्याह बा। ऊ ना आई...भला बतावा, छत पर जवन कोठरी बा वहीं रह लेई। परसों चल जाई गोलू के ले के।" रामचरन विरोध नहीं कर पाया। लेकिन उसको एहसास हो गया कि ब्याह निपटने के बाद पूरा परिवार बीमार पड़ने वाला है। वो इस बात से बेखबर था कि जयनाथ भइया को बुखार आ ही रहा है।

एक बात की तसल्ली सबको थी कि घर के बड़े दामाद पुद्दन तेजी से ठीक हो रहे हैं और ये तसल्ली ही लापरवाही को हवा दे रही थी। बाऊजी ने रामचरन से कहा—"गाना-बजाना त

होवै के ही चाही। एकाध लाउडर लिआय के बान्ह देता छता पर। गाना-बजाना चलत। लगै के चाही न ब्याहे के घर बा?" रामचरन ने हामी भरी। जयनाथ ने भी कहा—"हाँ, बाऊजी ठीक कहत हउवैं।" रामचरन ने हँसते हुए कहा—"केतना देर रुकबा भइया गाना सुनै खातिर। अब्बै त चल जइबा पूजा करै।" जयनाथ झगड़ा नहीं करना चाहते थे इसलिए मुस्कुराते हुए बोले—"ई कवन बात भइल कउनो हम मीयाँ बाटी कि पाँच बेला नमाज पढ़ब?" रामचरन ने वहाँ से उठते हुए कहा—"मौका मिली त छोड़बा थोड़ी।" जयनाथ तिलमिलाए लेकिन तभी वहाँ गोलू आ गया—"ए मामा! हमार मम्मी ना आई?" जयनाथ बोले—"बिहान आई तोर मम्मी बाबू।" गोलू ने अगला सवाल किया—"कइसे आई, चार चक्का से?" जयनाथ बोले—"हाँ।" गोलुआ मगन होकर चला गया, उसके लिए यही खुशी काफी थी कि उसकी माँ चार चक्का से आ रही है।

हलवाई और टेंट वाले आ गए। रामचरन और जयनाथ के अलावा किसी ने भी मास्क नहीं लगाया। मखंचू अपने दोस्त रामचरन के साथ कंधे से कंधा मिलाकर काम करवा रहा था। रामचरन को चिन्तित देखकर मखंचू ने कहा—"अरे सारे! जवन किस्मत में लिखल-बदल होई, होबै करी। टेंसन न ले।" रामचरन ने टेंट वालों को दिशा-निर्देश दिए। सारा इन्तजाम सामने वाले खेतों में किया गया था। एक टेंट बरातियों के रुकने के लिए। यूँ तो गाँव में आनेवाली हर बरात बीच गाँव में स्थित प्राइमरी स्कूल में ठहराई जाती है, लेकिन कोरोना की वजह से हेडमास्टर ने चाबी

नहीं दी, बोला—"इतने लोग इकट्ठे स्कूल भवन में ठहरेंगे, कोई शिकायत कर देगा तो हमारी नौकरी चली जाएगी।" प्रधान से भी कहलवा दिया लेकिन वो भी नहीं माना। रामचरन ने सोचा है, ब्याह निपट जाए तो स्कूल की दीवार पर रात में लिख के आएगा—"हेडमास्टर साला चोर है।" एक आरटीआई भी लगाएगा उसके खिलाफ। सुना है साले ने मिड्डे मील का बहुत पइसा डकार लिया है कोरोना के टाइम में।

एक बड़ा टेंट सबके भोजन के लिए लगाया जा रहा था। मंडप के पास ही एक स्टेज जयमाला के लिए बनाया जा रहा था। जयनाथ के कहने के मुताबिक हर जगह नीम के पत्ते जलाए जा रहे थे। ऊपर वाला कमरा भी ठीक कर दिया गया, जिसमें मीना के रहने की बात बाऊजी ने कही थी। टेंट वाले ने छत पर लाकर एक लाउडर बाँध दिया, जिसका पहला गीत ही बहुत वैज्ञानिक दृष्टिकोण वाला था—"छाती पे दबा के चले साइंस के किताब... चुनरी फर-फर उड़ेला।" इस गीत के लिरिक्स जब जयनाथ के कानों में पड़े तो पता नहीं क्यों उन्हें नउनिया याद आ गई और वे मास्क के भीतर मुस्कराने लगे।

मखंचू ने रामचरन को बताया कि पूरे नौशादपुर में जयनाथ भइया और नउनिया को लेकर सब लोग बात करते हैं। रामचरन ने कहा—"अबे यार जब अपनै सिक्का खोटा बा त का करै केहू।" रामचरन ने एक जिज्ञासा जाहिर की—"नउनिया आवत ना बा, का बात बा?" मखंचू ने कहा—"पता चलल है कि भइया गयल रहनै वोकरे घरे। बिहान दिन भर रहै के कहले हउवैं।" रामचरन ने कहा—"माड़ौ अउर मटमँगरा पर भी त जरूरत रहैले नाउन कै?" मखंचू ने कहा—"फुआ अउर अम्मा कुल कइनीं।" रामचरन ने मखंचू को छेड़ा—"तुहूँ सरऊ आपन मेहरारू छोड़ि के अबहिन तक नउनिया के चक्कर में हउवा, एक-एक मिनट के खबर रखले हउवा।" मखंचू ने जवाब दिया—"मेहरारू के हम

ना छोड़ले बाटी, उहै ससुरकेरी हमके छोड़ देहलै बा, अउर हम नउनिया के खोज-खबर ना रखले बाटी, पूरा गाँव जवन कहाला, हम त उहै बतावत बाटी।"

तभी हलवाई ने रामचरन को बुलाया और जैसा कि गाँव के हर कार्यक्रम में होता है, आप हलवाई की बनाई लिस्ट का हर सामान लाकर दे दें, फिर भी वो आपको एक और लिस्ट दे देगा ऐन मौके पर। वही हुआ। रामचरन बिफर गया—"ई का नौटंकी बा मरदे। एक्कै बार में ना बतावै के तोहके। जानत हउवा करोना चलत बा। दुकान कुल बन्द हईं। बड़ी मुश्किल से त सामान मिलत बा।" थोड़ी देर शान्त रहने के बाद फिर बोला—"अब बताय दा एक्कै बार में कुल। फिर ब्याहे के बाद तक एक माचिस के तीली भी ना आई, एक बार में बतावा हमके।" हलवाई ने दस मिनट का टाइम माँगा और एक तीसरी लिस्ट भी बनाकर पकड़ा दी।

रात के खाने के दौरान मीना की सास ने एक और अस्त्र छोड़ा—"का हो मीना! बिहान तोहरे बहिन के ब्याह बा, मेहँदी-वोहँदी ना लगवलू कुछ?" मीना ने चीखते हुए जवाब दिया—"अम्मा! चुपचाप खाना खा, जिउ मत जरावा।" किसी तरह थोड़ा-बहुत खा के मीना अपनी कोठरी में लेटकर रोने लगी। एक कोने में बैग तैयार रखा था। सुबह मीना को नैहर जाना था। बहुत देर तक रो लेने के बाद मीना का मन उस अवस्था तक पहुँच गया जहाँ वह इच्छाओं की न्यूनतम पूर्ति पर भी सन्तुष्ट हो जाता। मीना रात में उठी, घर में रखी मुल्तानी मिट्टी का लेप चेहरे पर लगाया। पैरों को रगड़-रगड़ कर धोया। सोची कि आधे घंटे तक मोबाइल

चलाएगी। उसके बाद चेहरा धोकर सो जाएगी। लेकिन नींद कब आ गई पता ही नहीं चला।

चेहरे पर लगी मुल्तानी मिट्टी सूख गई थी। उस रात मीना को नींद भी खूब आई। सुबह जब उसकी नींद खुली वो भूल गई थी कि चेहरे पर मुल्तानी मिट्टी लगी हुई है। वो वैसे ही बाहर आ गई। अम्मा ने उसका चेहरा देखा तो उनकी चीख निकल गई। बरामदे में खड़ी होकर अजीब-अजीब आवाजें निकालने लगीं। पड़ोस का एक बच्चा जो गोलू का दोस्त था वो आवाज सुनकर आया। ठीक उसी समय मीना भी दरवाजे तक आई। उसका चेहरा देखकर वो बच्चा डर के मारे भाग गया। इधर अम्मा कह रही थीं—"करोना से हमरे पतोही के चेहरा खराब हो गयल।" मीना ने सुना तब उसे याद आया। वो भागकर गई मुँह धोकर बाहर आई और अम्मा को पूरी बात समझाई। तब कहीं अम्मा शान्त हुईं लेकिन अम्मा के शब्द जाते-जाते उस बालक ने भी सुन लिए थे। उसने अपने घर पे जाकर बताया कि गोलू के मम्मी के पूरा चेहरवा खराब हो गयल करोना से। पन्द्रह मिनट के अन्दर पूरे गाँव में ये खबर आग की तरह फैल गई।

नरहरपुर के प्रधान ने पुद्दन को फोन किया—"का हो भइया! सुनली है कि करोना से भउजी के चेहरा बिगड़ि गयल। ई अल्ला मीयाँ का चाहत हउवैं। तूँ करोना से भरती हउवा। यहर भउजी भी?" अस्पताल के बेड पर लेटे-लेटे पुद्दन का बीपी उछलने लगा। उन्होंने प्रधान से कहा—"हमके कुछ ना पता बा, रखा फोन...हम पता करत बाटी।" पुद्दन ने चिन्तित होकर मीना को फोन मिलाया। इधर आधे घंटे पहले रामचरन ने मखंचू समेत बोलेरो रवाना कर दी थी मीना को लेने के लिए और मीना को फोन करके बता दिया था कि दीदी तैयार रहे। गाड़ी जातै चल दीहे। गाड़ी कै बहुत काम बा इहाँ। इसलिए मीना फोन चार्जिंग में लगाकर तैयार होने में लगी थी। उसने

पुद्दन का फोन नहीं उठाया। पुद्दन की चिन्ता बढ़ गई। उन्होंने लगातार कॉल करना जारी रखा। सात-आठ बार कॉल करने के बाद मीना ने खीझते हुए फोन उठाया और फोन उठाते ही बोली—"का हो! कइसन तबीयत बा तोहार?" पुद्दन ने जल्दी से पूछा—"अरे सुना, तोहरे चेहरा के का भयल?" मीना ने आश्चर्य से पूछा—"अच्छा तोहरे तक बात पहुँच गइल। के बतउलै है तोहके?" पुद्दन ने कहा—"परधान के फोन आयल रहै।" मीना जल गई—"ई मियँवा उफ्फरिपरै भगवान! पहिले हमके बदनाम कइलै कि कोरोना हो गयल बा। अब बदनाम करत बा कि कोरोना से हमार चेहरा बिगड़ि गयल। अगले चुनाव में कतई वोट न देब यह मुँहझौंसा के।" पुद्दन ने धीरे से पूछा—"आखिर भयल का रहल, ई बात कहाँ से आइल?"

फिर मीना ने जल्दी-जल्दी सारी बात बताई और कहा—"अच्छा सुना! रामचरन के फोन आयल रहै। नौशादपुर से गाड़ी चल देहले बा हमके लेवै खातिर। हम तैयार होके फोन करब। अउर सुना गोलुआ खातिर त सिंघम वाली टीसैट ना ले गइल, ऊ रोई बहुत।" पुद्दन ने कहा—"वोकरे जन्मदिन पर जवन कपड़ा आयल रहै ऊ वाला ले जाए। पहिन लेई, उहो तौ नया बा।" मीना ने हामी भरी और फोन काटकर तैयार होने चली गई। पुद्दन ने कुछ देर बाद प्रधान को कॉल करके सारी बात बताई और कहा कि उनकी मेहरारू के बारे में गाँव में जो अफवाह है उसको शान्त कराया जाय। प्रधान कुछ करते उसके पहले ही नरहरपुर गाँव एक कदम आगे बढ़ चुका था—"पुद्दन के मेहरारू कै हाल खराब बा, गाड़ी से उठाय-पठाय के सदर अस्पताल गइल।"

जयनाथ की मूल प्रवृत्ति तो वैसी थी नहीं, जैसी उन्होंने पिछले दो दिनों से धारण कर रखी थी...तीसरे दिन, जिस दिन सुमन का ब्याह था, सुबह से ही जयनाथ के मन में एक रोमांच कुलबुला रहा था कि आज नउनिया आएगी और इस कुलबुलाहट ने जबरन ओढ़ी गम्भीरता के चादर को धीरे-धीरे तह करके एक तरफ कर दिया। जयनाथ बाबा सवेरे से ही डटे हैं। नउनिया भी भीतर-बाहर दौड़ रही है। जयनाथ बाबा ने उसको मास्क लगाने से मना कर दिया है, बोले—"तोहरे मिरगी आवत रहल न पहिले। मास्क लगा के काम करबू त साँस फूलै लागी।" नउनिया ने इस आज्ञा का पालन करने में देर नहीं लगाई। अब जयनाथ बाबा निर्बाध रूप से दीदार कर पा रहे थे और ये सोचकर उनका मन बल्लियों उछल रहा था कि कहीं कोने-अँतरे अगर नउनिया हाथ लग गई तो फटाक से मुख-सुख मिल जाएगा, मास्क हटाने का झंझट नहीं रहेगा। रामचरन ने डबल मास्क लगा रखा है, जेब में सैनिटाइजर रखा है और घड़ी-घड़ी हाथों पर लगा ले रहा है। लाउडर पर भोजपुरी गाने चल रहे हैं। नउनिया माड़ौ में गोबर से लीप रही थी। कुछ ही दूर बैठे जयनाथ उसे निहार रहे थे। उन्होंने रामचरन से कहा—"अरे बाबू! कुमार सानू-वानू के गाना लगाव। ई कुल का बजावत बाटे?" रामचरन चिढ़कर बोला—"दिन-रात मन्दिरवै पे रहैला तूँ, कायदे से त तोहके खाली भजन सुनै के चाही। जा के लगाय ला गाना। अब हम बइठ के फोन इन फरमाइश थोड़ी ना पूरी करब।" यह कहके रामचरन चला गया। जयनाथ किचकिचाए—"बोल ला सरऊ अंग्रेजी।" तभी बिजली चली गई। गाना बन्द हो गया। अचानक इतना सन्नाटा हो गया कि वो भी खलने लगा। जयनाथ ने मोबाइल पर गाना बजाया—"तुझे देखा तो ये जाना सनम..." बरामदा में बैठे बाऊजी बड़बड़ाए—"ज्ज्ज्जा रे जमाना! ई हाल त पुजारी कै बा।"

बोलेरो आकर रुकी। गोलुआ दौड़ा—"मम्मी आय गइल।" रामचरन ने आकर पहिले मीना को सरापा सैनिटाइज किया। मीना बाहर ही खड़ी रही। फिर अम्मा लोटा में पानी लेकर आईं और मीना के सिर के चारों तरफ लोटा घुमाकर नीम के पेड़ की जड़ में पानी गिरा आईं। मीना ने माँ के पैर छुए। बरामदे में बैठे बाऊजी के पैर छुए। रामचरन ने अम्मा के पैर सैनिटाइज किए। फिर बाऊजी के पैरों के पास सैनिटाइजर लेकर पहुँचा तो वे भड़क के बोले—"भाग साले इहाँ से।" एक तरफ प्लास्टिक की चेयर पर बैठे कलयुगी पुजारी जयनाथ को इस दृश्य ने काफी सुकून पहुँचाया।

बरात का मतलब होता है बमचक। डीजे की धुन पर नागिन डांस और द्वारपूजा पर कई राउंड फायरिंग के बगैर पूर्वांचल के गाँवों की शादी अधूरी रहती है। स्कूल में बरात टिकाने का जब जुगाड़ नहीं बना तो खेत में बरात के ठहरने की व्यवस्था करना मजबूरी हो गई लेकिन समस्या ये भी है कि अगर बरात स्कूल में रुकती तो वहाँ से मंडप तक दूल्हे को आने में कम से कम एक घंटे लगते। इस दौरान दारूबाज लौंडे अपनी विभिन्न नृत्यकलाओं का प्रदर्शन करते। अब खेत से मंडप की दूरी बहुत ज्यादा नहीं रह गई है, लप्प से दूल्हा पहुँच जाएगा। ऐसे में डीजे-डांस का मजा बेकार हो जाता है। स्कूल से दुल्हन के घर तक जाने में रास्ते में पड़ने वाले हर घर की छतों से, चौखटों से दूल्हे को देखनेवालियाँ तुरन्त टिप्पणी कर देती हैं—"तनकी साँवर बा दुलहवा या कहो बरवा कुल झरि गयल बा का एकर या रुबिया के दुलहवा से त छोटै बा ई, बौना त ना लेकिन नाटा कहल जाय सकैला या सुन्दर बा हो, ना जाने काहे फलाने के बिटिया से ब्याह करै खातिर तैयार हो गयल। अरे दहेज देत होई, आज के जमाना में त सब पइसा देख के ब्याह कराला।"

खेत में बरात रुकने की व्यवस्था से सुमन का होने वाला दूल्हा सन्तोष इन टिप्पणियों से वंचित रहने वाला था। रामचरन जब खेत से मंडप तक आने के लिए लाल रंग का कारपेट बिछवा

रहा था तो मखंचू बोला—"अरे यार! फटि जाई, काहे से डांस त करबै करिहैं कुछ मिला।" रामचरन ने बताया—"अइसे ठीक ना लगैला यार! बिछल रही त ठीक रही।" रामचरन के खेत के बगल में जिसका खेत था वो गाँव के राधेश्याम थे। वे बेचारे आकर कई बार बोल चुके थे—"हमरे खेतवा में तरकारी बोआइल बा, देखिहा रामचरन बरतिहा लोग खपस न दें।" तीसरी बार जब बोल के गए तो रामचरन ने कहा—"इहाँ करोना से *ड फटल बा इनके सरऊ के अपने तरकारी कै चिन्ता बा।"

मीना के आने से घर में थोड़ी रौनक तो आई। मीना ने जब घर में प्रवेश किया तो बगल वाले बाजार से ब्यूटी पार्लर वाली लड़की आई थी सुमन का श्रृंगार करने। उसने सुमन के चेहरे पर विभिन्न पदार्थ लगा रखे थे और दोनों आँखों पर खीरा काट के रखा था। मीना ने सुमन को देखा तो बड़ी बहन होने के नाते अपनी खुशी छिपा नहीं पाई और बोली—

रघुवर खातिर सजैलीं सीता देवी...!

सुमन को लगा जैसे कोई तो आया उसकी शादी में, उसने उठकर मीना को गले से लगा लिया। दोनों बहनें रोने लगीं। सुमन बोली—"दीदी! हम केतना मनहूस बाटी रे। हमरे ब्याहे में जीजा अइनै त बेचारू अस्पताले में भरती हउवैं।" मीना ने समझाया—"भक्क पगली! तैं ना मनहूस बाटी, समय खराब बा बस।" उसके बाद मीना ने वहीं से पुद्दन को वीडियो कॉल की और दिखाया कि मैं अपनी बहन के यहाँ पहुँच गई हूँ। पुद्दन स्वस्थ दिख रहे थे। उनको देखकर घरवालों को तसल्ली मिली।

अब मीना ने भी मास्क लगाया और बाहर निकलकर सारी तैयारियों का जायजा लेना शुरू किया। नउनिया माड़ौ लीप रही थी। पर्याप्त दूरी और उचित कोण पर जयनाथ भी बैठे थे। उनके बगल में जाकर मीना बैठ गई और बोली—"का हो नाउन! तबीयत ठीक बा न?" नउनिया ने मुस्कुराते हुए कहा—"दुइ दिन खराब रहल बहिनी, फिर बाबा तबीज देहनै अब ठीक बा।" जयनाथ इस प्रशंसा से थोड़े असहज हो गए। मीना ने एक बार खेत तक जाके सब इन्तजाम देख लिया। फिर घर के अन्दर जाकर पार्लर वाली से बोली—"बहिनी! टाइम मिली त तनी हमहूँ के मेहँदी लगा दीहा।" पार्लर वाली ने कहा—"ठीक बा दीदी।"

शाम होते-होते दरवाजे पर गाँव के कुछ लोग आने लगे। जयनाथ ने पास खड़े मखंचू से धीरे से कहा—"ई साले नौशादपुर वाले खाना के नाम पे यमराज के घरे चल जइहैं। कोरोना से कउनो ना डेरात हउवैं।" मखंचू बोला—"सबके में जाय के खइले हउवा त तोहरहू में सब खइबै करी। एतना कष्ट होत बा त नेवता ना देवै के चाहत रहल नै।" जयनाथ चुप रहे।

उधर गोलू अपनी सिंघम वाली टीशर्ट न आने की वजह से अलग ही रो-पीट रहा था। गोलू को मनाने के लिए उसे बोलेरो में बैठाकर दो राउंड घुमाया गया। तब वो शान्त हुआ। बाऊजी ने लाउडर बन्द करवा दिया था। अब जेनरेटर की धड़-धड़ फैल गई थी। टेंट हाउस वाले ने डीजल माँगा तो बाऊजी ने टिप्पणी की—"साला करउना फइलले का फायदा जब खर्चा वोतनै होवै के हौ।"

तभी बाहर से रामचरन गरजता हुआ घर में आया—"ई साले एक से एक नौटंकी बतियावत हउवैं।" पीछे-पीछे बाऊजी, जयनाथ सब अन्दर आ गए। सुमन भी कमरे में से बाहर निकल के आ गई। मीना कुछ दूरी पर खड़ी हो गई...जयनाथ ने पूछा—"अब का भयल रामचरन?" रामचरन गुस्से में बोला—"अरे

भइया! लइका कै मामा साला फोन कइले रहल हमके। कहत बा कि पीपीई वाली ड्रेस में ब्याह होई, दुइ ड्रेस के बेवस्था करा।" बाऊजी बोले—"ई कउनो नया फैशन बा का रे बाबू?" अम्मा भी जानने के लिए उत्सुक थीं। रामचरन ने मोबाइल पर पीपीई ड्रेस सर्च करके सबको दिखा दिया। पहली प्रतिक्रिया उषा फुआ की आई—"यह कपड़ा में ब्याह होला कहीं ई त जइसे मधुमक्खी के छत्ता से मधु निकारै खातिर तैयार बा।" सुमन भी गुस्से में आ गई—"हमार एतना अच्छा लहँगा-साड़ी कुल बेकार हो जाई।" जयनाथ ने कहा—"लइका के बाप से हमार बात करावा। ई ममवा साला ढेर पिंगल पढ़त बा।" रामचरन ने फोन मिलाकर जयनाथ को दे दिया।

जयनाथ ने लड़के के बाप से दो टूक कह दिया कि इस ड्रेस का इन्तजाम नहीं किया जाएगा। ब्याह जिन कपड़ों में होना चाहिए उन्हीं कपड़ों में किया जाएगा और उन्होंने लगे हाथ ये भी कहा—"थोड़ा लइका के मामा जी के समझावा चचा! करोना में कउनो तरह से ब्याह होत बा, उप्पर से ऊ ढेर नखरा पढ़त हउवैं।" लड़के के पिता ने सहमति जताई और यह भी बताया कि बरात निकलने वाली है, अधिक से अधिक साढ़े सात बजे तक पहुँच जाएगी...

विवाह में दो लोग बहुत महत्त्वपूर्ण होते हैं, एक वो जिनको काम दिया जाता है शगुन में आए पैसों का हिसाब-किताब रखना और दूसरे वो जो माड़ौ में बैठकर पंडित जी, नाउन, कहार, कुम्हार सारे परजा को नेग/दक्षिणा देता है। यह काम अक्सर जीजा टाइप लोगों को दे दिया जाता है। रामचरन समझता था कि जयनाथ भइया नउनिया के आसपास ही मँडराते रहेंगे। इसलिए उनको ऐसा काम सौंपना चाहिए, जिससे वे माड़ौ में ही रहें। पुद्दन होते तो ये काम वो सँभालते लेकिन वो तो अस्पताल में लेटे अलग ही बिल बढ़ा रहे थे। रामचरन ने काले रंग का एक हैंड पर्स जयनाथ

को दिया। पर्स पर सफेद रंग से लिखा था 'बटुक लाल एंड संस सर्राफ'। पर्स देते हुए रामचरन ने कहा—"ला भइया! ई तोहार जिम्मेदारी बा, द्वारपूजा से लेके विदाई तक हर करमठ पे जहाँ जरूरत रही पइसा दीहा बीस हजार रुपया बा। दस, बीस, पचास के गड्डी बा अउर एक-एक के सिक्का।" रामचरन से हमेशा झिड़की और ताने सुनने के आदी जयनाथ को तो जैसे भरोसा ही नहीं हुआ कि उनको इतनी महत्त्वपूर्ण जिम्मेदारी दी गई है। ऊपर से माड़ौ में ही रहना है। वे प्रसन्न हो गए, जैसे किसी पार्टी का झंडा चिपकाने वाला कार्यकर्ता सीधा काबीना मंत्री बना दिया गया हो, बोले—"बेफिकिर रहा बाबू! तूँ जा बरात के खाये-पीयै कै इन्तजाम देखा। दुआरे कै हम सम्हार लेब!" रामचरन मुस्कुराते हुए चला गया।

रामचरन ने मित्र मखंचू को दूसरा काम दिया। एक डायरी और कलम। एक कोने में कुर्सी लगाकर मास्क पहने मखंचू को बैठाया गया। गाँव के लोग या रिश्तेदार अगर शगुन का लिफाफा या बगैर लिफाफे के शगुन दें तो उनका नाम और कितना शगुन दिया इत्यादि डायरी में लिखने का काम मखंचू के जिम्मे किया गया और डायरी में सबसे पहिले नाम लिखवाने पहुँची नउनिया। उसने ब्लाउज के अन्दर से सौ का नोट निकाला और डायरी में नोट कराया। मखंचू ने नाम पूछा तो उसने

कहा—"लिख दा जयनाथ बाबा के भक्त," जयनाथ थोड़ी दूर पर खड़े यह देख रहे थे। उन्होंने वह नोट मखंचू को नहीं पकड़ने दिया, खुद आगे बढ़कर ले लिया और नउनिया की तरफ देखते हुए मखंचू से बोले—"बाबू! आगे लिख दे पइसा बाबा ले लेहनैं।" फिर बोले—"यह पइसा से मन्दिर के हवन-पूजन कै सामान आई।" नउनिया मुस्कुराते हुए वहाँ से चली गई। उसकी मुस्कुराहट सबको दिख रही थी क्योंकि उसके अलावा सबने मास्क पहन रखा था।

बरात आने से ठीक पहले जो हालात बन रहे थे रामचरन को चिन्ता होने लगी। मीना दीदी को घोषित रूप से कोविड है। भइया और नउनिया की भी तबीयत ठीक नहीं। बरात में बाजा-गाजा लेकर कम से कम पन्द्रह लोग आएँगे ही। बराती अपने फैशन में ही चूर रहेंगे। कोई भी मास्क नहीं लगाया होगा। गाँव के सैकड़ों लोग खाना खाने आएँगे। मखंचू बता रहा था कि पड़ोस के गाँव में दो दिन में दो लोग मर चुके हैं करोना से। ये सब रामचरन की चिन्ता के विषय थे। लड़का के मामा जिस तरह से परेशान हैं, उनका परेशान होना जायज है। दिल्ली में रहते हैं वो, उन्होंने अपनी आँखों से देखा है लोगों का क्या हाल हुआ कोरोना से फिर रामचरन ने सोचा कि फिलहाल जैसे-तैसे ये शादी निपटे। जो होगा देखा जाएगा। किसी को कुछ कहा भी तो नहीं जा सकता। सबको बुरा भी जल्दी लग जाता है। रामचरन के दिमाग में ये बातें और पता नहीं कब तक चलतीं अगर उसके मोबाइल पर ये मैसेज ना आ जाता कि बरात दस मिनट में पहुँच रही है।

रामचरन ने सबको सक्रिय किया। गाँव के लड़कों की उसने टोली बना रखी थी। सबको काम बाँट रखा था। बरातियों के नाश्ते और जलपान के लिए जिस टोली का गठन किया गया था उन्हें वहाँ तैनात किया गया। बरात आने की खबर सुनकर जयनाथ नहाने गए। ठीक उसी समय पार्लर वाली ने सोचा कि

खानापूर्ति कर ही दी जाए, उसने मीना से कहा—"दीदी! मेहँदिया लगाय देईं आपके?" मीना बोली—"दस मिनट में बरात आइ जाई रानीमोरी! अब तोहके टाइम मिलल है, रहै दा।" आठ बजते-बजते बरात आ गई। लगभग पन्द्रह गाड़ियाँ आकर खेत में खड़ी हो गईं। बरामदे में बैठे बाऊजी से अम्मा ने कहा—"तुहूँ नयका कुरता-धोती पहिरबा कि बइठलै रहबा।"

दूल्हे के मामा जी जबरन खुद को सर्वप्रमुख मान रहे थे। जयनाथ और रामचरन बरात आने पर टेंट पर पहुँचे ही थे कि उन्होंने एक रूपरेखा प्रस्तुत की, बोले—"सुनो बाबू लोगन! एक रिक्वेस्ट बा कि जौन भी करना है एक बार में हो जाय। करोना का टाइम है। बार-बार यहाँ-वहाँ आने-जाने से अच्छा है कि एक्कै बार दूल्हा यहाँ से चलै तो ब्याह करके तबै उठे।" रामचरन ने स्वयं पर अद्भुत नियंत्रण पाते हुए कहा—"मामा जी! खाना-पीना भी तो होगा या खाली बियहवै होगा?" लड़के के पिताजी, जो एक भद्रपुरुष लग रहे थे, बोले—"अरे बेटा! आप लोग जैसे सोचे हो वैसे करो। बस भीड़-भाड़ न हो जाय, समझ ही रहे हो?" इस वार्ता के दौरान गाँव के कुछ लोग जबरन अपना पक्ष रखने से बाज नहीं आए। एक चचा ने मामा की तरफ देखते हुए कहा—"लगत बा कि रस्ता में ही ई लोग खाय-पी के टाइट बा, अब सीधा माड़ौ में बइठी लोग।" उनको जयनाथ ने एक तरफ हटने का इशारा किया।

अक्सर बरात में दूल्हे के साथ उसकी एक गैंग होती है, जिसे लोग 'लुहेड़ा' कहते हैं...इनका काम बरात पहुँचते ही भरपेट दारू पीना होता है ताकि वे आगामी डेढ़-दो घंटे तक किसी भी ध्वनि को सुनकर नाच सकें। जब सारी बरात नाश्ता और जलपान करके द्वारपूजा के लिए चलने की तैयारी कर रही होती है तो लुहेंड़े मौसम बना रहे होते हैं। घरातियों द्वारा बार-बार जलपान करने के लिए कहने पर ये कहते हैं—"बाबू बाद में" और द्वारपूजा तक दूल्हे को पहुँचाने में जब दो घंटे तक नाच-नाचकर ये पस्त

हो जाते हैं तब पानी खोजते हैं और तब तक इधर नाश्ते के सारे स्टॉल हट जाते हैं, खाना शुरू हो जाता है तब ये साले शोर मचाते हैं कि हमें तो किसी ने पानी भी नहीं पूछा।

सन्तोष दूल्हा बने बैठे हैं। सामने एक सजा-सँवरा रथ खड़ा है। रथ के आगे दोनों तरफ सिर पर लाइट रखे सात-सात लोगों की कतार है। कतार के बीच में जो जगह है उसमें नाचने के लिए सन्तोष के दसियों मित्र कमर कस चुके हैं। सन्तोष के मामा के बारम्बार आग्रह के बावजूद किसी ने मास्क नहीं लगा रखा है। मामा नाराज हैं, उनका कहना है—"मरो सालो!" दूल्हा रथ पर सवार होता है। डीजे वाले बाबू अपनी गीतमाला के साथ तैयार हैं। राधेश्याम अपने खेत की मेंड़ पर तैनात हैं । डीजे का शुभारम्भ होता है—"एक तो कम जिन्दगानी...उसपे सितम ये जवानी।" दस लौंडे उछलने लगते हैं। उनके बीच में पेशेवर कैमरामैन रिकॉर्डिंग कर रहा है। डीजे का शोर बढ़ता जा रहा है। खेत से सौ मीटर दूर ही जाना है लेकिन यह दूरी इतनी आसानी से नहीं पार होने वाली। सन्तोष की गोद में एक बालक सहबाला बने बैठा है। जैसे-जैसे नेहा कक्कड़ के गाने आगे बढ़े, सारे लौंडों के अन्दर से एक-एक नोरा फतेही बाहर निकली और देखते-देखते सब्जी का खेत एक नृत्यमंच में बदल गया।

गाँववालों ने अपने घर की बहन-बेटियों को द्वारपूजा और जयमाला देखने की अनुमति दे रखी है। सुमन छत पर कई लड़कियों के साथ घिरकर अपने होने वाले दूल्हे के रथ को देख रही है। अब इसे आधुनिक संगीत का आकर्षण कहें या संयोग कहें, उसी समय खेत में दो भैंसे दौड़ते हुए आ गए और उन्होंने जो अफरा-तफरी मचाई कि नेहा कक्कड़ चुप हो गई। उधर लड़के के पिता, मामा और अन्य बड़े लोग माड़ौ में पहुँच चुके थे। लड़के का बड़ा भाई रथ को जल्दी-जल्दी चलाने के लिए कह रहा था। लेकिन भैंसों के चले जाने के बाद डीजे

वाले बाबू ने नेहा कक्कड़ को दोबारा ऑन किया—"वो शराबी क्या शराबी जो नशे में ना रहे।" और लौंडों ने भइया को भी खींच लिया, फिर तो आधे घंटे तक धुआँधार डांस हुआ...सन्तोष के पिता जी माड़ौ से उठकर आए तब नृत्य थमा और सन्तोष रथ से उतरकर माड़ौ में प्रवेश किए। चार-पाँच राइफलधारी मास्क लगाए खड़े थे तो एक गाँववाले ने दूसरे के कान में कहा—"हमनें के बचपना में अइसै डाकू आवत रहनैं।"

द्वारपूजा का कार्यक्रम शुरू होने जा रहा था। उधर रामचरन ने गाँव वालों के लिए भोजन शुरू करा दिया। बुफे सिस्टम गाँव में 'बफर सिस्टम' हो जाता है और बफर पे लोग जिस तरह से पिल पड़ते हैं ना, वो दृश्य बहुत अद्भुत होता है। पंक्तिबद्ध होने का तो सवाल ही नहीं। चम्मच की भी कोई खास भूमिका नहीं रह जाती। प्लेट की सहनशक्ति की परीक्षा होती है बफर सिस्टम। दो-तीन बालक इसके लिए तैनात किए गए थे कि टेंट में कुत्तों का एक समूह घुसपैठ की फिराक में था। अब खेत में ढेले की कमी तो होती नहीं इसलिए बालक आपस में निशानेबाजी की एक लोकल चैंपियनशिप भी आयोजित करने लगे, फलत: कुत्तों की तो शामत आनी ही थी।

माड़ौ में मामा जी ने कुछ नियम बनाए। सबसे पहले मामा ने डाँटकर नाउन से मास्क पहनने के लिए कहा। उसका चेहरा ही उतर गया। जयनाथ भी कुछ नहीं बोले जबकि नउनिया को उम्मीद थी कि जयनाथ इस मुद्दे पर उसका पक्ष स्पष्ट करेंगे लेकिन वे ऐसे खुद को व्यस्त दिखा रहे थे जैसे उन्होंने कुछ सुना ही नहीं। नउनिया का दिल टूट गया। वो रोना चाहती थी लेकिन

चुप रही। लड़के के पिताजी ढेर सारा अतिरिक्त मास्क लाए थे। उन्होंने दो मास्क उसे दे दिए। उसने दोनों मास्क लगा लिए। हालाँकि मामा ने अपनी बात हाथ जोड़कर कही, लेकिन लहजा आदेशवाला ही था।

मामा दिल्ली से आए थे। इसलिए भोजपुरी नहीं बोलना चाह रहे थे लेकिन भोजपुरी से बच भी नहीं पा रहे थे—"हमार एक निवेदन है। माड़ौ में कम से कम लोग रहैं। कोरोना से डरिये आप लोग। सब जगह बहुत बुरा हाल है। मैं ये कहना चाह रहा हूँ कि पंडित जी को या परजा लोगों को जो भी लेना-देना है वो सब ब्याह के बाद एकट्ठै दिया जाय। जेतना कम एक-दूसरे को छूने से काम चल जाए, चलाया जाय। मास्क सब लोग लगाएँ और पंडित जी आपसे निवेदन है कि ब्याह वाला कार्यक्रम थोड़ा जल्दी निपटाया जाय।" वधू पक्ष के पंडित जी बोले—"अरे भाई साहब कउनो केराया थोड़ी ना माँग रहे हैं माड़ौ का। काहे एतना जल्दियाये हैं। परम्परा भी कउनो चीज है कि नहीं?" सब लोग हँसने लगे। माड़ौ के बगल में औरतों और लड़कियों का एक हुजूम बैठा था। एक औरत बोली—"लइका के मामा त बड़ा ज्ञान बघारत हउवैं हो।" दूसरी ने कहा—"चला तब यनही के गरिआय के सुरू कइल जाय।" औरतें शुरू हो गईं—

ममवा सारे कै चार बहिनी...
अचार बहिनी...अनार बहिनी
पूरा गउवाँ चबाय...

मामा ने मास्क ऊपर कर लिया। मामा अब टारगेट थे ही। औरतें जारी थीं, एक समूह ने प्रश्न किया—

"दुलहा के मामा कहाँ गए थे।"

दूसरे समूह ने जवाब दिया—

"अपनी बहिनिया को बेचने गए थे..."

पहले समूह ने कहा—

"चली जोर की हवा।"

दूसरे समूह ने कहा—

"निंबुआ डोल गया..."

अपनी दुर्दशा होती देख मामा सिर झुकाए चुपचाप बैठे रहे। उषा फुआ को तरस आ गया। गीत बदल गया—

धरती अकास झूमे
बाजे रे बजनवा हो
आइ गइल दुअरा बरात...

अवध नगरिया से आइल बरतिया,
मिथिला नगरिया भइले सोर हो...।

द्वारपूजा एक घंटे में सम्पन्न हुई। तब तक गाँववाले और बराती भोजन ले चुके थे।

पंडित और नाई दोनों पक्षों के उपस्थित रहते हैं। अक्सर किसी एक पक्ष का पंडित थोड़ा विद्वान् निकलता है, जिससे दूसरे वाले पर अतिरिक्त दबाव आ जाता है। वरपक्ष के पंडित जी द्वारपूजा के दौरान मंत्रोच्चारण करने में पिछड़ जा रहे थे... वधूपक्ष वाले पंडित जी प्रकांड साबित हुए जा रहे थे, वरपक्ष वाले पंडित जी को लगा कि उपस्थित लोगों पर उनका असर कम पड़ा। उन्होंने सोचा कि ज्ञान के प्रदर्शन में फीके पड़ने के बाद कोई नखरा पढ़कर सब पर रंग जमाया जाय। द्वारपूजा निपटने के बाद उन्होंने कहा—"जजमान! हम हलवाई के हाथ कै बनल भोजन ना लेब, हमरे खातिर घर के अन्दर कुछ बनवाय दा।" अब यह अलग मुसीबत। कौन जाए अब पंडितऊ के लिए खाना बनाने। सारी औरतें तैयार हो रही थीं जयमाला के लिए। अब क्या हो, सबने भुसुराना शुरू कर दिया। उषा फुआ बोलीं—"पंडितवा पगड़ीलौना कुछ ढेरै छछन्न पढ़त बा।" लेकिन

नउनिया ने जिम्मेदारी ली कि वो कुछ जल्दी से बना देगी। जयनाथ ने बड़बड़ाते हुए कहा—"पंडित बाबा नाश्ता त तीन प्लेट पेल गइनै, अब कानून बघारत हउवैं।"

माड़ौ के बगल में जयमाला के लिए जो स्टेज बनाया गया था, माली उसको अभी तक सजा रहा था। माली और बिजली वाले ब्याह में आखिरी समय तक काम करते हैं। कुछ न कुछ लगाते रहते हैं और फिर काम निपटने के बाद उसी निरंतरता में उतारने लगते हैं। अब सन्तोष दोबारा टेंट में जाता, फिर जयमाला के लिए आता तो इससे बचने के लिए मामा ने सुझाव दिया—"द्वारपूजा के तुरन्त बाद जयमाला भी निपट जाय ताकि इसके बाद जो लोग बचे हैं वो अपना खाएँ-पीएँ फिर ब्याह बैठे।" पहली बार मामा की बात से सबने सहमति जताई।

जयमाला का कार्यक्रम तो विवाह का मुख्य आकर्षण रहता है। स्टेज के सामने पचास कुर्सियाँ लगी थीं, उस पर कई लोग बैठ गए थे। सन्तोष दुलहा स्टेज पर लगे अपने आसन पर बैठ गए थे। उनकी गोदी में गोलुआ की उमर का सहबाला बैठा था। सहबाला की आँखों में नींद भरी थी। ऊपर से द्वारपूजा के दौरान गोलुआ ने उनकी पीठ पर एक मुक्का जड़ दिया था क्योंकि वे द्वारपूजा के दौरान गोलू और उसके गिरोह के हत्थे चढ़ गए थे और गोलुआ से परिचय प्राप्त करने के बाद उन्होंने कहा था—"हमार चाचा तोहरे मउसी के ले जइहैं सबेरे।" दो-तीन मिनट तक वे रोये भी थे लेकिन संकोचवश किसी से शिकायत भी नहीं कर पाए थे। बेचारे का सहबाला बनने का

सारा भौकाल हवा हो गया था। सन्तोष के आसपास उनके सारे दोस्त आ चुके थे। उनकी बातों से स्पष्ट था कि उनके किसी रोहन नामक दोस्त ने ज्यादा पी ली है और लगातार उल्टियाँ कर रहा है। उसे नीबू चाटने को दिया गया है।

मीना इस दौरान एक तरफ खड़ी होकर वीडियो कॉल से पुद्दन को जयमाला दिखा रही थी। पुद्दन कुछ कह रहे थे तो मीना ने कहा—"बहुत हल्ला बा इहाँ, कुछ सुनात ना बा, चुपचाप देख ला।" तभी सुमन अपनी सहेलियों के साथ हाथ में थाल लिए आती नजर आई। सबकी निगाहें उस पर ही टिकी हैं...। सन्तोष के एक दोस्त ने धीरे से उसके कान में कहा—"बाह बेट्टा! बहुत टाप कै मेहरारू मिलल तोके।" स्टेज के सामने प्रथम पंक्ति में सन्तोष के पापा, मामा और भइया बैठे थे। मामा ने वहीं से स्टेज पर चढ़े लड़कों को कहा—"नीचे रहो ना यार तुम लोग, जरूरी है इकट्ठे इतने लोग?" सन्तोष का एक दोस्त जिसने राइफल भी टाँग रखी थी कंधे पर, उसने सन्तोष से धीरे से कहा—"मरदे मन कहत बा कि चार-पाँच राउंड गोली तोरे ममवै पे दाग देईं।" सन्तोष मुस्कुराकर रह गया।

सुमन स्टेज पर आ चुकी थी। उसने थाल घुमाकर सन्तोष का स्वागत किया। एक लड़के ने छेड़ा—"अरे भाभी! हम लोगन के भी स्वागत कराय दा न अपने सहेली लोगन से।" सुमन शरमा गई। अब वर-वधू दोनों के हाथों में जयमाला थी। चबूतरे पर फुआ के नेतृत्व में गीत गाया जा रहा था :

झुक जइयो तनिक रघुवीर...
सीता मोरी छोटी...

मामा ने नीचे बैठे-बैठे ही सन्तोष से कहा—"बेटा झुकना मत नहीं तो जिन्दगी भर झुकना पड़ेगा...!" सब हँसने लगे। औरतों ने मामा को घेरना शुरू किया :

अमवा महुअवा के चुवै डरिया
तनी ताका ना मामा साले मोरी ओरिया...

सन्तोष और सुमन ने एक-दूसरे को जयमाला पहनाई। सबने ताली बजाई। चार-पाँच राउंड फायर किए गए। अब आशीर्वाद देने का सिलसिला शुरू हुआ। कैमरामैन ने अलग-अलग कोणों से फोटोग्राफी शुरू की। पहले वर पक्ष के लोगों ने आशीर्वाद दिया और वे लोग टेंट में चले गए। मीना सबसे अलग खड़ी वीडियो कॉल से पुद्दन को सब दिखाती रही। जब स्टेज पर कम लोग रह गए तो मीना ने फोन सुमन को दिया। हॉस्पिटल के बेड पर लेटे-लेटे पुद्दन ने सुमन और सन्तोष को आशीर्वाद दिया। सुमन की आँखों में आँसू भर आए। सबसे बाद में रामचरन ने अपने पूरे परिवार को स्टेज पर फोटो के लिए बुलाया। सुमन की गोद में गोलुआ बैठा। पीछे अम्मा-बाऊजी, जयनाथ, मीना और रामचरन खड़े हुए। फोटो खिंचाते समय रामचरन नीचे खड़े मखंचू को देख रहा था और जयनाथ नउनिया को।

जयमाला निपटने के बाद नउनिया ने बस आटा गूँधकर रोटी ही घर में बनाई। बाकी सबकी नजर बचा के टेंट में से दाल, चावल और मिक्स वेज ले आई और पंडित जी को बरामदे में बैठाकर खिला दिया। पंडित जी पूरे मगन हुए खाकर। बोले—“अब बतावा! तोहसे अच्छा हलवाई साला बनाय पाई खाना, घर कै खाना शुद्ध अउर स्वादिष्ट।” नउनिया हाथ जोड़े इस प्रशंसा को पचाती रही।

जयमाला निपटने के बाद अधिकांश बराती वापस चले गए।

मुश्किल से दस-बारह लोग रुके। पाँच गाड़ियाँ रुकीं। बाकी चली गईं। जिस जगह पर तीन-चार घंटे इतनी रौनक थी वहाँ अब सबके खाने-पीने के बाद खेत में बिखरे खाने के लिए हो रही कुत्तों की जंग का शोर बचा था। सारे गाँव में रामचरन के घर पे चल रहे जेनरेटर की धड़-धड़ और खेत में हो रही कुत्तों की भौं-भौं सुनाई दे रही थी।

माड़ौ में ब्याह बैठ गया। दोनों पक्षों के पंडित, वर पक्ष का नाई, वधू पक्ष की नउनिया, वर और वधू। सुमन के बाऊजी, सन्तोष के पिताजी और मामा जी, जयनाथ इतने लोग माड़ौ में हैं। चबूतरे पर अम्मा, उषा फुआ, मीना और सुमन की कुछ सहेलियाँ बैठी हैं। सन्तोष के बड़े भाई और दो दोस्त जो रुके हैं, वे टेंट में आराम फरमा रहे हैं। हालाँकि कुत्तों की भौं-भौं के बीच वे कितना आराम कर पा रहे हैं ये तो वही जानते होंगे। बरामदे में बिछी खटिया पर मखंचू सो गया है और रामचरन वहीं से बैठे-बैठे मंडप की तरफ देख रहा है। मंत्रोच्चार चल रहा है। वर पक्ष के पंडित जी ज्यादा स्वादिष्ट खाना खाने के बाद से लगातार गैस की शिकायत कर रहे हैं और हर शिकायत पर नउनिया मुस्कुरा के रह जा रही है।

ऊषा फुआ ने लड़कियों से कहा—"तोहरे लोगन कुछ सुनावा हो। कुल हमहीं गाईं?" एक लड़की ने हँसते हुए गाया :

यहर-वहर से मत देखा दुलहा, नजर लगइबा का
सोना जइसन दुलहिन के करोना पकड़इबा का।

इतना समकालीन गीत सुनकर सबको आश्चर्य हुआ। गाँव वाले सचमुच हर चीज को उत्सव में बदल देते हैं। जिस कोरोना से पूरा देश तबाह है, उसके नाम के गीत गाये जा रहे हैं गाँवों में। विवाह की रस्में एक-एक करके निपटाई जा रही थीं। लगभग एक घंटे बाद सन्तोष के दो दोस्त टेंट से उठकर मंडप के पास

आए, मंडप के आसपास के परिवेश का मुआयना किया और चबूतरे के सीध में कुर्सियाँ लगाकर बैठ गए। उनकी निगाह दुल्हन की सहेलियों पर थी। लड़कियों को इस बात का पता चला। गीत बदल गया :

ले अइला दुलहा
संगे कइसन बरतिहा
बानर अइसन रूप धरिके
देखे टुकुर-टुकुर...

इस गीत को सुनकर मामा चौंके कि अब तो वे कुछ कह भी नहीं रहे हैं लेकिन फिर उन्हें लगा इस गीत का निशाना वे नहीं बल्कि अभी-अभी आए दो लौंडे हैं। वे दोनों सोचकर ये आए थे कि जूता चुराई की रस्म नहीं होने देनी है। लेकिन चबूतरे पर बैठी सहेलियों ने आपस में राय-बात की। एक ने नैनमटक्का शुरू किया। इशारों में सामने बैठे लड़के को अपना व्हाट्सऐप नम्बर बताने लगी। उँगली को हवा में घुमाकर वो नम्बर बनाने लगी। उन दोनों लड़कों को नम्बर ही समझ में नहीं आ रहा था। वे इसी प्रक्रिया में उलझे रहे, इधर एक लड़की ने जाकर सन्तोष के पीछे से उसके जूते उठा लिए। मामा ने यह दृश्य देखा तो बोले—"जूता तौ गयल लइको।" फुआ को मामा का यह हस्तक्षेप अच्छा नहीं लगा, वे बोलीं :

लइका के मामा के मोंछ,
जइसे कुकुरे कै पोंछ...!

मामा मास्क ठीक करके शान्त बैठ गए।

सिंदूर की रस्म पूरी हुई। फेरे शुरू हुए, अम्मा भावुक हो गईं...

अम्मा के कोखिया में दुइ गो होरिलवा
एक बहिनी एक भाई

भइया के लिखल हउवे पापा घर दुअरवा
हमरा के लिखल दूर देश...!

घूँघट के अन्दर से सुमन की सिसकी बाहर तक सुनाई देने लगी।

मंडप में निपटाए जाने वाले कार्यक्रमों में सात फेरे का कार्यक्रम आखिरी होता है। इसके बाद दूल्हे को दुल्हन के साथ उठकर घर के अन्दर बने कोहबर तक जाना होता है। कोहबर में तमाम तरह के हँसी-मजाक और खेल होते हैं। दूल्हे के समक्ष कई चुनौतियाँ प्रस्तुत की जाती हैं जिसे दूल्हे को पार करना होता है। ये चुनौतियाँ किसी अग्निपरीक्षा से कम नहीं होती हैं, इनमें विफलता मिलने पर वधू की सहेलियाँ सरेआम दूल्हे को आने वाली रातों के लिए अयोग्य घोषित कर देती हैं।

सन्तोष जब मंडप से उठा तो जूतों की जरूरत पड़ी। सुमन की सहेलियों ने जूते वापस करने के बदले ग्यारह हजार रुपयों की डिमांड की। दूर से ये सब देख रहे मामा जी इस पर भी आपत्ति दर्ज कराना चाह रहे थे, वे देश की गिरती अर्थव्यवस्था के इस दौर में इस माँग को अनुचित बताना चाह रहे थे लेकिन जयनाथ ने कहा—"मामा जी! आप चलैं टेंट में आराम करैं कुछ देर। हर मामला में बोलब ना ठीक हौ। सन्तोष के पिताजी ने भी कहा—"इहै ठीक रही, हम लोग चलत बाटी बेटा। कोहबर से सन्तोष वापस आय जायँ त फिर खिचड़ी वाली रसम भी हो जाय। हम लोग तब आय जाब।" सन्तोष के पिताजी और मामा मंडप से टेंट की ओर चले गए।

सुबह के साढ़े चार बज गए थे। जयनाथ ने रामचरन और मखंचू को जगाया और बोले—"उठा लोगन! अब खिचड़ी कै तैयारी करा, फिर विदाई होई।" रामचरन और मखंचू उठकर चले गए। जयनाथ उसी खटिया पर पसर गए। तबीयत उनकी भारी हो रही थी उन्होंने नउनिया से कहा—"एक कप चाय दे देतू बनाय के।" नउनिया ने अपने आराध्य को बगैर ओझइती किए पहली बार थके देखा तो उसकी श्रद्धा उमड़ने को हो आई, लेकिन मौका ऐसा नहीं था कि वो माथा छूकर जाँच कर सके, अत: नउनिया अन्दर चाय बनाने चली गई।

सन्तोष ने हर लड़की को एक-एक हजार रुपये देकर अपना जूता वापस लिया और साथ ही 'कंजूस जीजा' का खिताब भी मिला। उसके साथ उसके दोनों दोस्त भी कोहबर तक जाना चाह रहे थे लेकिन उषा फुआ ने उन्हें डाँटकर वापस भेज दिया—"इहाँ कउनो तमाशा ना चलत बा। चला लोगन बहरे।" वे सब मुँह लटकाए बाहर चले गए। पीछे से लड़कियों के हँसने की आवाज आती रही। एक ने दूसरे से कहा—"यार ई बुढ़िया-बुढ़वा सब बहुत कानून पादैनै।"

कोहबर का कार्यक्रम निपट जाने के बाद नउनिया जब बाहर आई तब उसे याद आया कि जयनाथ बाबा के लिए चाय बनानी थी। लेकिन वो तो कोहबर के चक्कर में भूल ही गई। उसने देखा तो बरामदे में जयनाथ बाबा थे भी नहीं। मखंचू ने बताया कि उनको बहुत उल्टी हो रही थी। अभी डाक्टर के यहाँ गए हैं। किसी आशंका से नउनिया डर गई। लेकिन मन में कहीं न कहीं यह था कि बाबा ने तावीज पहनी है, उन्हें कुछ नहीं होगा।

खिचड़ी खाने की रस्म में खिचड़ी तो बस नाम मात्र की होती है। वस्तुत: यह रिवाज दहेज में दिए जाने वाले सामानों के प्रदर्शन के लिए होता है। दूल्हा अपने दो-एक दोस्तों और

कुछ बच्चों को मिलाकर कुल पांच लोगों के साथ बैठता है। सबके सामने खाने-पीने का सामान रखा जाता है। आसपास कई दर्शक इकट्ठे रहते हैं। लड़की के पिता या भाई दूल्हे से निवेदन करते हैं कि खिचड़ी खा लो। इस रस्म में दूल्हे का नाराज होना जरूरी माना जाता है। दूल्हे को अपनी नाराजगी दहेज में कोई और सामान माँगने के लिए दिखानी होती है और दूल्हे को खिचड़ी अपने पिता या गार्जियन के कहने पर खानी होती है।

खिचड़ी की यह रस्म हो रही थी। लड़की के बड़े भाई जयनाथ वहाँ मौजूद नहीं थे। लड़के के पिता को यह बताया गया कि जयनाथ की तबीयत ठीक नहीं थी इसलिए वो डॉक्टर के पास गए हैं। यह खबर सुनते ही सन्तोष के मामा डर गए लेकिन कुछ बोल नहीं पा रहे थे। रामचरन ने निवेदन किया कि सन्तोष खिचड़ी खा ले। बाऊजी भी हाथ जोड़े खड़े थे। रामचरन ने सन्तोष को घड़ी पहनाई, सोने की चेन पहनाई, जेब में कुछ पैसे डाले। सामने सोफा सेट, बेड, बाइक, फ्रिज, कूलर, पंखा, बर्तनों के सेट रखे हुए थे। मामा ने धीरे से कहा—"बाइक यह कलर के ना चाहत रहल।" लड़के के पिताजी ने उन्हें बताया—"सन्तोष जवन कलर कहले रहनै उहै कलर बा ई।" मामा हमेशा की तरह चुप हो गए। सन्तोष के पिताजी ने सन्तोष से कहा—"बेटा! खाय ला खिचड़ी" सन्तोष ने सामने रखी मिठाई खा ली, सबने ताली बजाई। स्थानीय दर्शक दहेज के सामानों की आलोचना-प्रशंसा करते हुए अपने-अपने घरों को चले गए।

अब विदाई होनी थी। जयनाथ को लेकर पूरा परिवार चिन्तित था। नउनिया सबके सामने रोना नहीं चाहती थी लेकिन उसका कलेजा फटा जा रहा था। सुमन रोये जा रही थी। उसे डर था कि जीजा के बाद कहीं भइया को भी कोरोना ना हो गया हो। रामचरन कह रहा था—"हम बाऊजी से, भइया से कहले रहली

कि कम लोगन के बोलाय जाय। लेकिन तब केहू हमार बात ना सुनलै, अब भोगा!"

यादव डाक्टर आए। उनके पीछे-पीछे जयनाथ भी आए। डाक्टर ने सबको बताया कि सारे लक्षण कोरोना के हैं। जयनाथ को चार दिनों से बुखार है लेकिन उन्होंने बहन के ब्याह की वजह से किसी को बताया नहीं, ऊपर से इनके बहनोई अस्पताल में हैं तो इन्होंने सोचा कि घरवालों को और परेशान करना ठीक नहीं। अब इनको किसी कमरे में आइसोलेट करना होगा। रामचरन चिल्ला उठा—"अरे यार! ई कवन मजाक बा, ई कउनो अइसन-वइसन बीमारी ना बा। अगर सबकर एतनी फिकर रहल त तुरन्त बतावै के चाहत रहल। सबके बीचे में रहनै ई। अब पता ना का होई, देखा केतना जने के अउर पकड़ लेई ई बीमारी?"

जब जयनाथ बाबा के बीमार होने की बात नउनिया ने सुनी तो उसका सिर घूम गया और बरामदे के एक कोने में वो धड़ाम से बैठ गई। उसने महसूस किया कि ब्याह की सारी रस्मों के दौरान वो जो बेचैनी सी उसे हो रही थी, दरअसल वो साँस लेने में होने वाली दिक्कत थी। चूँकि सामने बाबा की निगाहों की ऑक्सीजन थी तो उसने हिम्मत नहीं हारी, जैसे-तैसे सारे काम निपटाती रही। लेकिन बाबा की बीमारी ने जैसे उस जमीन को ही झकझोर दिया जिस पर नउनिया खड़ी थी। उसकी आँखों के सामने अँधेरा छा गया। किसी तरह वो सबकी नजर बचाके बरामदे के बगल वाली कोठरी में सरक गई। और फर्श पर पड़े-पड़े खुद को जोर से रोने से रोकने लगी।

सब डरे हुए थे। मामा तो डर के मारे सबसे दूर हो गए। मामा की हरकतों के आधार पर परजा लोगों ने यह अन्दाजा लगाया कि यही मलिकार हैं। नेग के लिए इनको ही घेरना होगा। मामा भड़क गए—"दूरे रहौ सब।"

अब सबकी निगाह मामा की तरफ गई। देखा तो मामा

को परजा लोगों ने घेर रखा है। रामचरन ने सबको डाँटकर वहाँ से हटाया। अब सब काफी डरे हुए थे। रामचरन ने गाय वाली कोठरी फटाफट साफ की। मखंचू ने उसमें नीम के पत्ते सुलगाए। एक टेबल फैन, टेंट वाले की एक फोल्डिंग चारपाई और बिस्तर ये लगा दिए गए। रामचरन ने जयनाथ से कहा—"भइया! अब यही कोठरी में तोहके रहै के बा।" जयनाथ नउनिया की तरफ देखते हुए बोले—"हम मन्दिरवै पे रहीं तौ का हो जाई?" डाक्टर ने सलाह दी—"ना भइया! इहाँ परिवार के सामने रहबा, यहीं ठीक रही।" जयनाथ उठकर उस कमरे में चले गए, जिसमें लाख सफाई और धुएँ के बाद भी गोमूत्र और गोबर की गंध आ ही रही थी।

अब विदाई का समय हो गया। दहेज का सामान तो कब का लाद-फाँदकर रवाना कर दिया गया। घर के बाहर तक सुमन के रोने की आवाज आ रही थी। वो खुद को कोस रही थी। सब उसे समझा रहे थे। चौखट पर बैठी उषा फुआ 'विधि का विधान' विषय पर स्पीच दे रही थीं, जिसे कोई सुन भी नहीं रहा था। सबको रोता देख गोलू भी रो रहा था। बरामदे में बाऊजी सिर झुकाए बैठे थे। ठीक बाहर दूल्हे की गाड़ी आकर खड़ी थी। सुमन को मीना पकड़कर बाहर ला रही थी। बरामदे में खड़ी होकर सुमन बाऊजी से लिपटकर रोने लगी। मामा को इस बात से दिक्कत हुई, बोले—"अरे बेटा! करोना का टाइम है, ऐसे सबके पास जा-जा के रोना ठीक नहीं है, खतरा है इसमें।" मामा की बात चाहे सही रही भी हो लेकिन सबको नागवार गुजरी। रामचरन से नहीं रहा गया तो उसने जोर से डाँट दिया—"चचा! हम आपकै नौटंकी सुनत बाटी कल साँझ से ही, हमरे बहिन के अपने परिवार से खतरा बा त जवने परिवार में जात बा ई विदा हो के का गारंटी बा कि उहाँ खतरा ना होई कउनो औ जब आपके एतना डर बा करउना

से त का करै खातिर आयल हउवा ब्याहे में?" रामचरन का पारा गरम होता गया तो लड़के के पिताजी ने बीच-बचाव करके मामला शान्त कराया। ममवा नाराज होकर अपनी गाड़ी में बैठकर चला गया।

सुमन ने पूछा—"जयनाथ भइया कहाँ हउवैं?" जयनाथ मास्क लगाए गाय वाली कोठरी के बाहर आए और वहीं बैठकर रोने लगे—"जो बहिनी! हमरे लगे मत आव, हमरे कोरोना भयल हौ। हम ठीक हो जाब त आइब तोसे मिलै।" सुमन का कलेजा कटकर रह गया। वो बार-बार अम्मा से लिपटकर रो रही थी। अम्मा का तो जैसे एक हिस्सा ही उनसे अलग हो रहा था। रामचरन ने सुमन को गाड़ी में बैठाया। सहबाला बने बच्चे ने सुमन के कार में बैठने के बाद बाहर खड़े गोलू पर एक निगाह डाली, गोलुआ ने मुक्का दिखाया, सहबाला राम दक्खिन ताकने लगे। अब बाबूजी भी रोने लगे।

सुमन चली गई। अम्मा मीना से लिपटकर रोने लगी। बस फुआ की आवाज कलेजे को चीरती रही :

डोलिया चलल जात है, मन भर जात है,
अँसुवा झरी झरी रोवेली दुलारी बेटी,
छतिया फटी फटी जाय...

जब बेरिया भइलै गइया दुहवन के बाबा करेले पुकार
कहाँ चलि गइलू दुलारी बेटी बलटी देवै के बेरिया...

जिस घर से बेटी की विदाई होती है, उस घर के कोने-कोने में उदासी छा जाती है। सारी धूमधाम एक थकान में बदल जाती है। हर तरफ एक बिखराव सा रहता है, जिसको समेटने के लिए कम से कम परिवार के किसी एक सदस्य को हिम्मत दिखानी होती है। और इस घर में तो कोरोना ने भी

कहर ढा रखा था। ऐसे में रामचरन ने बची-खुची हिम्मत जुटाई। हालाँकि रात में वो कुछ देर सो चुका इसलिए वो अभी कुछ काम निपटा लेने की हालत में था।

सबसे पहले रामचरन ने परजा लोगों की विदाई की। कुछ असन्तुष्ट थे

तो उन्हें सब ठीक होने पर बाद में आने के लिए कहा। टेंट वाले का सामान भिजवाया। बस एक फोल्डिंग और बिस्तर का सेट रोक लिया, जिस पर जयनाथ सोये थे। हलवाई का हिसाब किया। सब कुछ कर-करा के रामचरन नहाने के बारे में सोचने लगा।

बिगड़ती तबीयत के बीच नउनिया का मन बार-बार जयनाथ बाबा की ओर जा रहा था, बाबा का क्या हाल होगा, एक बार अपनी आँखों से देख लेती तो मन कुछ शान्त हो जाता। वो चबूतरे पर सिर पे हाथ रखे बैठी थी, रामचरन और मखंचू की निगाहें उसे टटोल रही थीं, वे दोनों लगातार कुछ न कुछ फिकरे कस रहे थे। उनकी आवाज जयनाथ तक भी पहुँच रही थी, जयनाथ

चाह तो रहे थे कि अभी उठकर दोनों को छील दें, लेकिन शरीर में जैसे ताकत ही नहीं थी।

रामचरन नउनिया के पास आकर बोला—"कुछ बाकी रह गयल बा का तोहार?" नउनिया के बदले मखंचू ने जवाब दिया—"हवन करावै के मन बा का?" और फिर दोनों गंदे तरीके से हँसने लगे। मौका मिलने पर मखंचू नउनिया को ताना मारने से नहीं चूकता था। नउनिया चुपचाप अपनी जगह से उठी और खुद को जैसे घसीटते हुए आगे लेकर चली। चार कदम चलकर उसने गाय की कोठरी की तरफ मुड़कर देखा और दोनों हाथ जोड़ लिए। रामचरन ने इस पर भी ताना देते हुए कहा—"आसिरबाद बकाया रही कुछ दिन, जब बाबा के तबीयत ठीक हो जाई तब वसूल लीहा आपन आसिरबाद।" यह बात सुनकर नउनिया अपनी सारी पीड़ा को क्षण भर के लिए स्थगित करके मुस्कुरा उठी और चलते चली गई।

सुमन की विदाई के बाद मीना ने पुद्दन को फोन किया और उन्हें जयनाथ भइया की बिगड़ती तबीयत के बारे में बताया। मीना ने अस्पताल आकर पुद्दन को देखने की इच्छा जाहिर की—"अब त कुल निपट गयल। हम सोचत बाटी कि आईं तोहके देखै।" जयनाथ के बारे में जानकर पुद्दन घबरा गए थे, बोले—"ना मीना! तूँ वहाँ से गोलू के लेके आजै घरे चल जा। हमके दुइ-एक दिन में छुट्टी मिल जाई। ई अइसन बीमारी बा न कि एक से दुसरे के पकड़ लेले, तोहके त पतै बा कुल। अब तूँ ठीक बाटू। गोलू के अउर अम्मा के बचावा। डाक्टर कहत हउवैं दुइ-एक दिन में छोड़ दीहैं।" मीना ने माना कि

समझदारी घर जाने में ही है। बात कर लेने के बाद उसने रामचरन से कहा—"बाबू! हमके अउर गोलू के नरहरपुर पहुँचाय दे।" अम्मा ने कहा—"अरे बहिनी! दुइ-एक दिन रुक जातू। पूरा घरै खाली हो जाई हमार।" अम्मा रुआँसी हो गईं लेकिन रामचरन ने अम्मा को समझाया—"देख अम्मा! चाहे केतनो रोय ले लेकिन यह बीमारी से बचै खातिर इहै उपाय बा कि सब दूरे-दूरे रहै। जीजा अउर भइया के हालत देखत हई नै। दीदी सही कहत बा। जाए दे एकरा के।" रामचरन ने मखंचू से कहा—"कुछ देर आराम क ले भाय। साँझ के चलिके दीदी के पहुँचाय आवल जाई।"

फिर रामचरन ने फोन करके पुद्दन का हालचाल लिया और उनसे कहा कि वो कल आएगा हॉस्पिटल, उनसे मिलने। पुद्दन को कुछ ही देर पहले डॉक्टर देखकर गया था। उसने कहा था कि कल-परसों में हॉस्पिटल से छुट्टी मिल जाएगी।

पूरे नौशादपुर में दो मुद्दे गरम थे। पहला कि जयनाथ बाबा बनते तो बड़का पुजारी हैं लेकिन करोना अइसे चाँपा है कि यादव डाक्टर ने उनको आइसोलेशन में रहने को कहा है और दूसरा मुद्दा यह था कि सुमन के ब्याह में राधेश्याम की सब्जियों का बहुत नुकसान हो गया। दो-दो, चार-चार करके गाँव वाले जयनाथ के घर जाने लगे, ये देखने कि आइसोलेशन में कैसे रहा जाता है। अब गाय की कोठरी में कोई दरवाजा तो था नहीं। वहीं बाहर से लोग देखते और एक-दूसरे के कान में कहते—"बक मरदे! ई तो सुतल हैं। कहाँ आइसोलेशन में हैं।" गाँव वाले आइसोलेशन को कोई अद्भुत प्रक्रिया समझ बैठे थे इसलिए निराश हो गए।

घर पहुँचकर खटिया पर कथरी बिछाकर नउनिया धड़ाम से गिर गई। चाहकर भी आँखें नहीं खोल पा रही थी, दिमाग में जैसे आँधी चल रही थी। और उस आँधी में न जाने कितनी

पुरानी यादें मस्तिष्क पटल पर एक व्यतिक्रम के साथ उड़-उड़कर आने लगीं। सम्हारू की याद आई, घूँघट उठाते ही बोला था—"अइसन दुलहिन बा हमार कि हम खुशी से मरि जाब।" लेकिन वो खुशी से नहीं मरा, बल्कि लोग कहते हैं कि बहुत दारू पीयत रहल। गुरदा-उरदा सड़ि गयल रहल। जयनाथ बाबा कह रहे हैं कि दुनिया में केहू साथ ना देला, आपन लड़ाई खुदै लड़ै के परैले। फिर याद आया कि मन्दिर पर कई दिन से झाड़ू भी नहीं लग पाई है। अचानक आँखें खुल गईं, मन में आया कि मन्दिर गंदा पड़ा है कहीं इसीलिए तो भगवान नहीं नाराज हो गए, बाबा भी बीमार, मैं भी बीमार, चलकर एक बार और मन्दिर की सफाई कर ले शायद पाप कट जाए कुछ। लेकिन शरीर पर जैसे नियंत्रण ही समाप्त हो गया था, बहुत प्रयास करने पर भी उठ नहीं पाई। बाहर से पड़ोसिनों की आवाज आ रही थी—"आय गइल का बाबा के घर से?" दूसरी आवाज ने कहा—"बाबा थक गयल होइहैं, यही नाते घरे भेज देहनैं!" और फिर ठहाकों की आवाज। फिर आवाज आई—"सुनली है कि बाबा के तबीयत खराब हो गइल?"

"का भयल?"

"यादव डागडर त करोना बतउनै हैं। वोहर बहनोई अस्पताले में भर्ती बा।"

"बड़ा जुलुम जमाना आय गयल बहिनी। दुसरे कै बेमारी ठीक करै वाले बाबा खुदै खटिया पकड़ लेहले हउवैं।"

ये बातें नउनिया को तीर की तरह बेध रही थीं, लेकिन वो बेबस थी। आँखें किसी बुझे हुए दीये की जली हुई बाती की तरह हो चली थीं। बार-बार हाथ जोड़कर भगवान से कहती—"हे भगवान! बाबा के ठीक क दा।" इसी सबके बीच उसको नींद आ गई।

अब मीना भी जा रही है। रो-रोकर अम्मा की आँखें सूख चुकी हैं। तकलीफ चेहरे पर ठहर गई है। वो ना किसी भाव को

आने दे रही है और ना ही खुद हट रही है वहाँ से। मीना ने सबसे विदा ली। गाय की कोठरी तक जाकर जयनाथ भइया से धीरे से कहा—"जात हई हम भइया, जयनाथ ने आँख उठाकर देख लिया। गोलू सबको टाटा बोलता हुआ बोलेरो में बैठ गया।

रास्ते में मखंचू ने बगल में बैठे रामचरन को दिखाया—देखत हउवे भाय। पीपर के पेड़ पर केतना घंट बन्हल बा।" फिर मीना से कहा—"देखा दीदी! कहियो अइसन ना देखले रहल होबू। एक साथ अगल-बगल के गाँव में एतना जने मरल हउवैं। लेकिन गाँव वाले साले मनही के ना तैयार हउवैं कि करोना कउनो बेमारी बा।" मीना पीपल के पेड़ को दहशत के साथ देखने लगी। रामचरन बोला—"जीजा कै हालत देखले के बाद अउर अस्पताल में मरीजवन कै हाल देखले के बाद हम बाऊजी से अउर भइया से कहनीं कि ब्याह में कम लोगन के नेवता दे जाय। ना मनलै लोग हमार बात, अब देखा उहै। भइया दाँत चियार के पड़ल हउवैं। डर लगत हौ कि अम्मा-बाऊजी के न कुछ हो जाय।" मीना बोली—"अरे हम का बताईं बाबू! हम खुदै ना मानत रहली कि करोना कुछ होला। हमके लगल सरदी-जोखाम बा, लेकिन अब समझ में आवत बा कि केतनी बुरी बेमारी बा।"

अँधेरा होने के पहले मीना घर पहुँच गई। गोलू दौड़कर दादी के पास गया। उन्हें पहुँचाकर रामचरन और मखंचू तुरन्त वापस चले गए। अम्मा ने पहले गोलू से उसके ननियाउर की सारी रिपोर्ट ली। उसके बाद उन्होंने मीना से कहा—"पुद्दन से बात भइल रहल?" मीना ने बताया—"हाँ अम्मा! आज हम जाए के सोचत रहनीं अस्पताल। लेकिन ऊ मना क देहनैं। कहनैं

कि गोलू के ले के घरे जा। हमके दुइ-तीन दिन में छुट्टी मिल जाई अस्पताल से त हम घरे आइब। बिहान सवेरे रामचरन जाई वोनके पास। अउर यहर जयनाथ भइया के भी पकड़ लेहलै करोना।" यह बताते-बताते मीना रोने लगी। अम्मा ने समझाया तो लेकिन ताने के साथ—"रोवा मत। जवन होई ठीकै होई लेकिन जयनाथ भी तौ मन्दिर पर रहिके एतना अनर्गल करैनें।" मीना ने रास्ते में देखे घंट के बारे में बताया और रामचरन के द्वारा बताए गए अनुभव को बताया। अम्मा सब सुनती रहीं फिर बोलीं—"गाँव के मेहरारू कुल जल चढ़ावै जात हईं, नौ दिन जल चढ़ाय के काली जी के मन्दिर में। दसवें दिने पूड़ी-हलुवा चढ़ावै के बाय। बिहान से तुहूँ सुरू कर दा।" मीना ने सहमति दी।

ऐसी गहरी नींद नउनिया कब सोई थी उसे याद नहीं, जब आँख खुली तो साँझ हो गई थी। किसी तरह उठकर उसने मुँह-हाथ धोया, मुँह धोने के बाद भी जैसे चेहरे पर कुछ लगे रह जाने का गुमान होता रहा, एक लोटा पानी पीया, पानी पी लेने के बाद भी गले में जैसे कुछ अटके रहने का एहसास होता रहा । कुछ देर तक बैठे रहने के बाद वो नहाने की तैयारी करने लगी। दिनचर्या की यह अव्यवस्था उसे कुछ राहत दे रही थी। आज उसने नहाने में रोज से ज्यादा समय लिया। पूरा शरीर बुखार से तप रहा था। नहाने के बाद उसने घर में ही दीया जलाया और उसके सामने हाथ जोड़े बैठ गई। आज वो भगवान से बाबा की सेहत की प्रार्थना कर रही थी, बाबा का चेहरा बार-बार आँखों के सामने आता गया और आँखों को भिगोता गया।

नउनिया जब पूजा कर ही रही थी तो उसकी एक पड़ोसन उससे मिलने आई, और घर में उसको पूजा करते हुए दीदे फाड़कर देखने लगी। नउनिया ने इशारे से उसे बैठने को कहा और ऊपरवाले की तरफ हाथ जोड़कर कुछ बुदबुदाई।

पूजा समाप्त करके वो पड़ोसन से मुखातिब हुई—"का हो चाची! का हाल बा?"

चाची बोलीं—"हमार हाल त ठीक बा, आपन बतावा, दिन भर सुतल रहलू ह।"

नउनिया के चेहरे पर कमजोर सी मुस्कान तैर गई—"हाँ चाची! बहुत दिन के नींद एकट्ठा हो गइल बा। अब पूरी करब।" चाची को यह दार्शनिक वाक्य समझ में ही नहीं आया, वो तो आई थीं बाबा के नाम का ताना देने, सो बोलीं—"सब कहत बा कि जैनाथ बाबा के करोना पकड़ लेहले बा।" नउनिया चुप रही, चाची जारी रहीं—"बेचारू गाय वाले घरे में सुतावल हउवैं, केहू जाय भी न पावत बा ओनके लगे बतावा। का समय आय गयल बहिनी, सबकर बेमारी-दुख ठीक करै वाला बाबा खुदै बेमार हो गइनैं।" चाची के इस बाण का असर तुरन्त हुआ। नउनिया रोने लगी। चाची ने उसका हाथ पकड़कर समझाने की कोशिश की तो उन्हें समझ आया कि इसको तो तेज बुखार है। चाची का कलेजा काँप गया। उनको समझ में आ गया कि ताना देने का जो कार्य करने वो आई थीं वो महँगा भी पड़ सकता है क्योंकि नउनिया को तो बुखार है। मतलब साफ है करोना उनके पड़ोस तक पहुँच चुका है। चाची तुरन्त रवाना हो गईं।

नउनिया ने दोबारा बिस्तर पकड़ा। शरीर के साथ मन भी बीमार होने लगा। पूरा जीवन किसी फिल्म की तरह आँखों के सामने दोबारा नाचने लगा। मन में एक विचार आया कि चल के यादव डाक्टर से दवाई ले आए, फिर सोचा कि कोई फायदा

नहीं, डाक्टर भी ताना ही देगा। याद आया कि बाबा दो पुड़िया दे गए थे, उसमें से एक पुड़िया बची हुई है। खटिया से उठी, चूल्हे के पास एक ताखे में वो पुड़िया रखी थी। उसे लेकर खटिया पर आ गई। ताकत हर साँस के साथ खत्म होती जा रही थी। चूल्हे तक जाकर आने में ही आँखों के सामने अँधेरा छा गया। पुड़िया हाथ में लिये-लिये ही नउनिया बेहोश हो गई। इधर पड़ोसन ने आसपास के घरों में सूचना दे दी कि नउनिया को करोना पकड़ लिया है, सबने तय किया कि कोई उसके घर की तरफ नहीं जाएगा। सब एक-दूसरे के घर जाते रहे नउनिया के घर कोई हाल पूछने तक नहीं गया।

गाय के कमरे में पड़े हुए जयनाथ के लिए एक-एक सेकेंड काटना पहाड़ काटने के समान हो रहा था। पूरे शरीर में जैसे कुछ रेंग रहा था। उन्हें बार-बार नउनिया की याद आ रही थी। वे सोच रहे थे कि नउनिया उन्हें देखने तक नहीं आई, अरे दुनिया लाख मजाक उड़ाए लेकिन उसे एक बार तो आना ही चाहिए था। यह खयाल उन्हें व्यथित किए जा रहा था। शाम को जब बाबूजी आकर नीम की पत्ती जला रहे थे तो जयनाथ ने अपनी व्यथा का हल जानने के लिए भूमिका बनानी शुरू की—"बाऊजी! सबकर सामान-वामान वापस चलि गयल न?"

बाऊजी ने जवाब दिया—"हाँ बेटा...रामचरना बेचारा सवेरे से यही सब में लागल बा...!"

"परजा लोगन के विदाई हो गइल?"

"हाँ।"

"सब कर?"

बाऊजी प्रश्न में छुपे प्रश्न को समझ गए, बोले—"हाँ, सब कर विदाई दे गइल। नउनिया बेचारी कै तबीयत भी खराब हो गइल रहल। ऊ बिना कुछ लेहले चलि गइल। हो सकैला कल-परसों में आके ले जाय।"

जयनाथ चुप रहे। बाऊजी के जाने के बाद सोचते रहे कि सुमन की ससुराल से परजा लोगों के लिए जो साड़ियाँ आई थीं, उनमें एक हरे रंग की थी। उसको देखते ही जयनाथ ने सोचा था कि सुबह सबसे पहले यही वाली निकाल के नउनिया को दे देंगे। लेकिन सुबह तक उनकी तबीयत ही बिगड़ गई। वे प्रार्थना करने लगे कि वो हरी साड़ी किसी और परजा को ना मिल गई हो।

अगली सुबह रामचरन हॉस्पिटल गया। पुद्दन का हालचाल जाना। मरीजों की बढ़ती संख्या की वजह से हॉस्पिटल वाले उन मरीजों को डिस्चार्ज कर रहे थे जिनकी तबीयत में थोड़ा सा भी सुधार हो रहा था। रामचरन ने अपने मित्र अरविन्द के साथ यह कोशिश की कि पुद्दन को अभी कुछ दिन और रहने दिया जाय हॉस्पिटल में लेकिन कामयाबी नहीं मिली। पुद्दन खुद भी घर जाना चाहते थे। हॉस्पिटल का माहौल उनको डरा रहा था। तय यह पाया गया कि अगले दिन उन्हें हॉस्पिटल से छुट्टी मिल जाएगी, लेकिन अभी कुछ दिनों तक बहुत एहतियात की जरूरत है। रामचरन ने वहीं से कॉल करके मीना को सारी बात बता दी।

उधर नउनिया की भी सुबह हुई, उसने महसूस किया कि पूरा बदन एक ही तरह के दर्द से बना हुआ। दवाई की पुड़िया नीचे गिर गई थी। उससे इतना भी नहीं किया जा रहा था कि धरती से पुड़िया उठा ले। अब तो हाथ भी जोड़ने की हिम्मत नहीं बची थी। भगवान से कुछ कहने का मन नहीं था। सोचती रही कि जब कुछ भी नहीं समझ में आएगा तब वो दवा खाएगी। भूख लग कर भी नहीं लग रही थी, अब तो खाने के लिए पड़ोसियों के ताने भी नहीं थे। ना जाने क्या उम्मीद थी जो उसे अभी भी थी, वो एक बार बाबा को देखने जाना चाहती थी, लेकिन जा नहीं पा रही थी। खटिया पर

पड़े-पड़े ही वो मिट्टी की दीवार पर अलग-अलग आकृतियों की कल्पना करने लगी।

जयनाथ को दवा खाने के बाद दो-एक घंटे का आराम रहता है, लेकिन फिर बुखार, बदन दर्द, सिरदर्द। कमजोरी इतनी कि बेचारे लेटे ही रहते हैं। रामचरन ने सख्ती से मना कर रखा है इसलिए कोई उनके पास नहीं आ रहा। अम्मा भी दूर खड़ी होकर रोती रहती हैं। थर्मोकोल की प्लेट और गिलास में खाते-पीते हैं बेचारे। गोबर-गोमूत्र और नीम की गंध से घिरी तन्हाई में उन्हें नउनिया की याद आती। हवन की याद आती तो शरीर मचलने लगता लेकिन नउनिया उनसे मिलने तक नहीं आ रही। ना हाल पूछने आई। उस सुबह कहा था कि चाय पिला दे, उसे यह भी नहीं याद। जयनाथ को अभी भी लगता था कि नउनिया आएगी उनसे मिलने। रामचरन और मखंचू ने चिढ़ा दिया था उस दिन तो क्या, उसे आना तो चाहिए था ना, परजउटी लेने के बहाने ही आ जाती। एक बार खयाल आया कि खुद ही जा के मिल आएँ या कोई ऐसा हो जिससे सन्देश भिजवा सकें कि वो मन्दिर पर ही आ जाएगी। घर से दीया-बाती का बहाना करके वो भी पहुँच जाएँगे। लेकिन फिलहाल ये योजनाएँ काम करती नजर नहीं आ रही थीं।

दूसरा दिन था ये। नउनिया ने कुछ भी नहीं खाया था। भूख ना जाने कहाँ हजम हो गई थी। कमजोरी ऐसी कि दीवार पर रेंगती चींटी को देखकर वो खुद पर तरस खाने लगी थी। एक-दो बार कुछ बोलकर खुद की किस्मत को कोसने की कोशिश की तो आवाज ही नहीं निकली। एक घुटन थी जो आँखों से पिघलती जा रही थी। हाँ, प्यास बहुत लग रही थी।

जब नहीं रहा गया तो उठी, पानी पीया। कोने में लगी भगवान की तस्वीर की तरफ देखा तक नहीं। चूल्हे के पास रखे डिब्बों की तलाशी ली तो एक डिब्बे में से बिस्कुट का एक

पैकेट निकला और थोड़ा सा नमकीन। उस डिब्बे को लेकर खटिया के पास तक आई। लोटे में पानी भरकर रख दिया। दवा की पुड़िया जमीन से उठाकर पहले माथे से लगाई, फिर उसे सिरहाने पे रख दी। खटिया के बगल में स्टूल पर पानी भरा लोटा, बिस्कुट का पैकेट और नमकीन रख लिया। इसके बाद खटिया पर गिर गई। शाम तक उससे इतना नहीं हो सका कि एक-दो बिस्कुट खाकर पानी पी ले। रात होने पर किसी तरह थोड़ा सा नमकीन खाकर उसने आधा लोटा खाली कर दिया। बुखार जला रहा था, पैरों में जैसे जान ही बाकी नहीं रह गई थी। उसे अपनी ही बेबसी पर रोना आ गया।

दिन एक लम्बी शाम की तरह बीता और शाम तो आई ही नहीं, बस अँधेरा छा गया। एक बार खयाल आया कि लालटेन जला दे, लेकिन शरीर ने इनकार कर दिया। फिर सोचा अच्छा ही है, लालटेन का उजाला व्यर्थ की उम्मीद जगा जाएगा। और ऐसी हालत में कोई भी उम्मीद बेवजह साँसों को लम्बा खींचती। इसी कशमकश में नींद आ गई।

जयनाथ तड़प रहे थे। उन्होंने सोच लिया कि कल हर हाल में नउनिया से मिलना ही है, बिना मिले शरीर दुखना बन्द नहीं होगा। ये ऐसी बेचैनी थी जो हर साँस के साथ बढ़ती ही जा रही थी। वो चिल्लाना चाहते थे, चीखना चाहते थे लेकिन चुप थे, घुट रहे थे।

पुद्दन को अगले दिन अस्पताल से छुट्टी मिल गई। सारी औपचारिकताएँ पूरी करने में दोपहर हो गई। एक हफ्ते में ही पुद्दन के गालों की हड्डियाँ दिखने लगी थीं। रामचरन उनको लेकर

मखंचू की बोलेरो से घर पहुँचाने जा रहा था। एक बार मखंचू ने कहा—"का हो जीजा! ससुराल ना चलबा, अम्मा-बाऊजी से मिलै?" पुद्दन कुछ जवाब देते उसके पहले ही रामचरन ने कहा—"का बात करत बाटे मखंचू, उहाँ जयनाथ भइया खटिया पकड़ले हउवैं। उहाँ जाइब ठीक ना हौ।" पुद्दन ने एक बार रामचरन से अस्पताल के खर्चे के बारे में पूछना चाहा तो रामचरन ने कहा—"जीजा! पहिले पूरी तरह ठीक हो जा, बाद में होई हिसाब-किताब।" पुद्दन चुप हो गए। अस्पताल में पुद्दन जिस लड़के की बातें सुन-सुनकर बेचैन रहते थे, उसका रहस्य उन्हें अभी तक समझ में नहीं आया था। उन्होंने रामचरन को उसके बारे में बताया तो रामचरन ने किसी विशेषज्ञ की भाँति जवाब दिया—"अरे जीजा! तूँ त अन्दर रहला, हम दिन भर अस्पताल के बहरे बइठ के कुल गुणा-गणित देखत रहली। बहुत बड़ा खेल चलत रहल। सरकारी अस्पताल में त आदमी जातै मरि जाय, बचल प्राइवेट अस्पताल त वहाँ पइसावाला लोग अपने परिवार-रिश्तेदार खातिर एडवांस में बेड बुक करा के रख देहलै, रोज के पन्द्रह-बीस हजार रुपया देके, अब डीएम-एसडीएम लोग जाँच करै आवै त वह सब बेड पे अपने लइकन के सुता के अस्पताल वाले देखावत रहनैं कि बेड ना खाली बा। कुल पइसा के खेल बा जीजा।" पुद्दन को अचानक से जैसे सब समझ में आ गया, बोले—"तबै हम कहीं वो साले के न सूई लगत बा, न दवाई होत बा, चौबीस घंटा फोनवै पे लगल रहै...बाप रे बाप...एतना मुश्किल समय में भी यह सबके पइसा के लालच बा।" इसके बाद पुद्दन चुपचाप कुछ सोचने लगे।

पुद्दन जब घर पहुँचे तो उनका स्वागत करने के लिए अम्मा लोटा में जल लिये खड़ी थीं। पुद्दन गाड़ी से उतरकर बाहर पड़ी खटिया पर बैठ गए। रामचरन आज भी जल्दी चला गया—"सब ठीक हो जाई तब आइब फुर्सत से।" कहकर उसने

अपने दीदी-जीजा से आज्ञा ली, जाने से पहले उसने मीना को बताया कि अभी कम से कम बीस दिन डाक्टर ने जीजा को अलग रहने को कहा है। इनके रहने की और खाने-पीने की व्यवस्था अलग करनी होगी। मीना बोली—"हम ध्यान रखब बाबू, घबरो मत।"

पुद्दन को बचपन के बाद आज अम्मा ने पुचकारा और बोलीं—"कुल ठठरी देखात बा हमरे लइका कै।" पुद्दन खटिया पर लेटे-लेटे मुस्कुराते रहे। चूँकि गाँव वाले भी आ-जा रहे थे इसलिए मीना चौखट से ही अपने दिलवर जानी को खटिया पर पसरा हुआ देख रही थी। दो दिन से वो भी काली माई के मन्दिर जाने लगी है गाँव की औरतों के साथ जल चढ़ाने। कुछ देर बाद पुद्दन भीतर आए। मीना से मिले। मीना ने हाल पूछा तो पुद्दन बोले—"तोहरे बिना कइसन रही हमार हाल?" मीना बोली—"हमरही वजह से तोहके पकड़लै करोना।" पुद्दन बोले—"तोहार दोस ना बा। हमहीं ना कंट्रोल क पउली।" मीना ने छेड़ा—"एक बात बतावा अस्पतलवा में कइसे होत रहल कंट्रोल?" पुद्दन मुस्कुराए—"अब आय गयल बाटी अस्पताल से?" मीना थोड़ी गम्भीर हुई—"देखा! डाक्टर त बीस दिन कहले हउवैं लेकिन आज से कम से कम एक महीना तोहके अलग कमरा में रहै के बा। तोहके गोलुआ कै कसम बा हमरे लगे आवै के सोचिहा भी मत। एक बार लापरवाही हो गइल त देखा अस्पताले जाए के पड़ि गयल।" पुद्दन कटकर रह गए। कुछ बोल नहीं पाए। कुछ देर बाद बोले—"गोलुआ कै कसम ना देवै के चाहत रहल यार! चला भाई। हम एक महीना उपवास क लेब।" कह तो दिया पुद्दन ने कि कंट्रोल करेंगे खुद पर...लेकिन मन में उनके चल ही रहा था—"कइसे रहब एतना दिन।" मीना ने कहा—"गोलुआ कै कसम के अलावा तोहके कुछ रोक भी त ना पाई।?" पुद्दन ने एक गहरी साँस ली।

जब मीना ने पुद्दन को बताया कि वो कल से जल चढ़ाने

जा रही है तो पुद्दन चिढ़ गए, अम्मा को भी पास बुलाकर कड़े लहजे में एतराज जताया—"तोहरे लोगन के पास हर समस्या खातिर इहै उपाय रहाला न कि जल चढ़ाय आईं मन्दिर पर। ई कउनो छोट समस्या ना बा। सरकार, डाक्टर, पुलिस सब कहत बा कि बहुत जरूरी रहले पे घर से बहरे निकला, सबसे दूरे होके चला, अउर तूँ मीना! गाँव भर के मेहरारुन के साथे मन्दिरे जाय लगलू। का बेवकूफी हौ यार ई। तोहके पता बा न जयनाथ भइया दिन-रात मन्दिरवै पे रहैनें, तब्बो वोनके कोरोना पकड़ लेहले बा। ई बेमारी मन्दिर-मजार पे गइले से ना ठीक होई। आज के बाद ई कुल बन्द, जवन भी पूजा-पाठ करै के होय घर के अन्दर करै के बा। बिलकुल बहरे ना जाए के बा। तुहूँ सुन ला अम्मा।" पुद्दन की आवाज में जो सख्ती थी...उसने असर दिखाया। अम्मा ने मीना से कहा—"रहै दीहा दुलहिन अब जाए के। यहीं दुआरे नीबी के पेड़ में जल दे दीहा रोज सबेरे।"

अम्मा जब यह नोटीफिकेशन जारी करके बाहर चली गईं तो मीना ने पुद्दन को छेड़ा—"अस्पताले से अइले के बाद बड़ा ज्ञानी हो गयल हउवा हो, वो दिन कहाँ हेराय गइल रहल तोहार बुद्धी?" पुद्दन एक महीना अलग रहने की बात से बिफरे थे ही, बोले—"जब हमके तोहरे लगे न सुतले में मनाही बा त तोहके भी ना जाए देब घर से बहरे। हमार जिउ जानत बा न जवन हाल देखके लउटल हई अस्पताल से। लापरवाही ना करै के बा अब।"

मीना ने उनकी आँखों में आँखें डालते हुए कहा—"लगे सुतावै से मना क देहली त मुँह लटकावत हउवा। फिर अपनहीं कहत बाटा कि लापरवाही ना करै के बा?" पुद्दन ने ठंडी साँस भरते हुए कहा—"हम्म...एक महीना बहुत ज्यादा दिन बा यार।" मीना ने मुस्कुराते हुए डिस्काउंट दिया—"अच्छा ठीक बा, बीस दिन के बाद हम अपने कोठरी के सिटकनी ना लगाइब, कोशिश करिहा कि कंट्रोल हो जाय, ना होई त...!" इसके बाद पुद्दन ने

वहीं पास पड़ी गोलू की चड्डी उठाते हुए कहा—"ना कंट्रोल होई त ई वाला जुगाड़ काम करी न।" दोनों की हँसी ने शाम का रंग सुबह जैसा कर दिया।

जयनाथ का पूरा दिन बहुत मुश्किल से बीता। यही सोचते रहे कि कैसे नउनिया के घर जाएँ। रामचरन पुद्दन को हॉस्पिटल से डिस्चार्ज करा के उनके घर पहुँचाने गया था। बाऊजी बरामदे में जल्दी ही सो गए थे। अम्मा और उषा फुआ घर में थीं। जयनाथ हिम्मत करके आखिर उठ ही गए और शरीर में दौड़ रही एक उत्तेजना के सहारे वे नउनिया के घर की तरफ चल पड़े। दिमाग में कई सारी शिकायतें थीं जो उन्हें नउनिया से करनी थीं। अँधेरी शाम के बावजूद वे पूरी कोशिश कर रहे थे कि कोई उन्हें पहचान ना पाए, क्योंकि गाँव वाले साले शोर मचा देंगे कि करोना पकड़ा है लेकिन बाबा को नउनिया से मिलने जरूर जाना है।

नउनिया के घर का दरवाजा अन्दर से बन्द था। कोई आहट कोई आवाज नहीं थी। लग रहा था जैसे सारा अँधेरा उसी घर से निकलकर शाम को रात में बदल रहा है। उन्होंने दरवाजा खटखटाया तो अँधेरा और बढ़ गया। दो-तीन बार दरवाजा खटखटाने पर जब कोई जवाब नहीं आया तो जयनाथ बुदबुदाए—"इहाँ अराम से सुतल बा ई। औरत जात ससुरी, मतलबी। एक बार ना ध्यान आयल कि चलि के बाबा कै हालचाल पुछ लेईं। बड़बड़ाते हुए वे दरवाजे को गुस्से से पीटने लगे।

पड़ोस वाले घर से आवाज आई—"के हौ?"

जयनाथ बाबा ने कहा—"हम।"

"अरे ससुर नाम भी बा कुछ?"

बाबा ने गुस्से में कहा—"जयनाथ।"

थोड़े से अन्तराल के बाद आवाज आई—"अरे जैनाथ बाबा! राम-राम।"

जयनाथ चुप रहे। पड़ोस के घर से कोई बाहर नहीं आया, बस आवाज आई—"चौबीस घंटा से नउनिया के दरवाजा बन्द बा बाबा। बोलावा...भितरैं होई। कल साँझ कै कुछ खटर-पटर आवाज आवत रहल।"

जयनाथ का गुस्सा और बढ़ गया। सोचने लगे कि रामचरन और मखंचू ने जो ताने दिए थे उससे नाराज है ये और उसका बदला मुझसे ले रही है। इसको क्यों नहीं समझ में आता कि वे साले मुझे भी ताने देते हैं। मखंचू की नजर भी तो इसके ऊपर थी, अब मेरी वजह से दाल नहीं गली उसकी तो बुरा-भला कहेगा ही। ये विचार जिस गति से दिमाग में आ रहे थे, जयनाथ के हाथ उसी गति से दरवाजे से टकरा रहे थे। अब जबकि पास-पड़ोस को पता चल ही गया था तो जयनाथ ने लगातार दरवाजा खटखटाने की सोची। भीतर से कोई प्रतिक्रिया नहीं आई। बाबा ने गुस्से में दरवाजे को धक्का देना शुरू किया। कुछ देर की कोशिशों के बाद दरवाजा खुल गया।

पूरे घर में अँधेरा था। बाबा तेजी से आगे बढ़े। अँधेरा इतना था कि आँखें बन्द करने या खुली रखने पर सामने एक जैसा कालापन था, मानो अँधेरे के कई सारे थान एक साथ खोल दिए हों किसी ने। जयनाथ का पैर खटिया से टकराया, उन्होंने मोबाइल का टॉर्च जला दिया।

नउनिया की देह खटिया पर पड़ी हुई थी। हथेली पर दवाई की पुड़िया ठहरी पड़ी थी। खटिया के नीचे लोटा गिरा हुआ था, उसके आसपास फैला पानी अभी सूखा नहीं था। जयनाथ की आँखें भींग गईं।

गाँव के किसी कोने से कुत्तों का सामूहिक विलाप उठा। कहीं से किसी बिल्ली ने उनका साथ दिया। अँधेरा गहरा गया!

सुशान्त